「ラティナ、〝我、共に、汝、行く？〟」
デイルのその言葉に、
今度こそはっきりと
驚いた顔をした子ども――ラティナは、
こくり。と首を縦に振った。

デイル・レキ
ラティナの保護者となった青年
凄腕の冒険者だが、ラティナに対しては
すっかり親バカに!?
ケニス・クリューゲル
デイルが下宿する酒場『踊る虎猫亭』の亭主
妻と共にデイルとラティナの生活を見守る
リタ・クリューゲル
ケニスの妻で『踊る虎猫亭』の看板娘
子ども好きでラティナのことも可愛がっている

登場人物紹介
ルドルフ・シュミット
ラティナの友人その2
やや大柄な少年で、
ラティナのことが気になる？
ラティナ
ディルに拾われた魔族の少女
素直で優しく賢いが、
意外と頑固な面も
クロエ・シュナイダー
ラティナの友人その1
子どもたちのリーダー的存在である
男前な少女
アントニー・ホフマン
ラティナの友人その4
すらっとした体格の頭が良い少年
マルセル・ベッカー
ラティナの友人その3
少しぽっちゃり気味なパン屋の息子

「大好きだよ」

「ラティナも、デイルのこと、いちばんだいすき……」

ほんのかすかにでも、微笑みを浮かべてくれた彼女に、途方もなく安堵を感じた。

この子の笑顔のためならば、自分は今まで以上に、頑張ることが出来る。

そんなことを、胸の内に抱きながら。

うちの娘の為ならば、俺はもしかしたら魔王も倒せるかもしれない。

For my daughter,
I might defeat
even the archenemy.

CHIROLU

イラスト＊トリュフ

口絵・本文イラスト　トリュフ

For my daughter,
I might defeat even the archenemy.

Contents

序　虹の見守る世界で

君が生まれた時、空には大きな虹がかかっていたんだ。

そうだよ。虹は全《すべ》ての『ひと』が七色で呼び表すんだ。言葉も、文化も違《ちが》うのにね。

それは虹が、世界の意思でもある大いなるもの——神さまの一端《いったん》だからなんだよ。神さまは七柱存在しているんだ。『七色の神』と呼ばれているのがそうだよ。

『赤の神《アフマル》』は戦《いくさ》の神だ。調停と裁きの神でもある。困ったことがあったら、ここの神殿《しんでん》を頼《たよ》ると良い。

『橙の神《コルモゼイ》』は豊穣神《ほうじょうしん》。うん。たくさん作物が育ちますようにって……一緒《いっしょ》にお祭りも行ったね。

『黄の神《アスファル》』は学問と支配者の神。ここの神殿は、勉強するためにたくさんのひとが集まっているんだよ。君も頭が良いから、そこで学ぶのも良いかもしれないね。

『緑の神《アクダル》』のもとには、旅人が集まる。そうだよ、世界は凄《すご》く広いんだ。君が見たこともない、たくさんのもので溢《あふ》れているんだよ。

『青の神《アズラク》』商業の神。君は大人《おとな》になったら、どんな仕事に就《つ》くのかな。

『藍の神《ニーリー》』死と生を司《つかさど》る神。病や薬の研究もしているんだ。病気には魔法《まほう》は効かないからね。よく気をつけるんだよ。

『紫の神《バナフセギ》』神々の統率者《とうそつしゃ》にして、創造と破壊《はかい》、そして再生を司る神なんだよ。

虹は、神さまが地上を見守っているときにかかるんだ。
君は、神さまに見守られながら生まれてきたんだよ。
だから、大丈夫《だいじょうぶ》。
君は幸せになれるはずなんだから。幸せになって良いんだから。
大丈夫だよ。
ほら、虹が出てる。
君は運命に護《まも》られている。
どうか、どうか。幸せに。
ぼくも、これからは、虹の向こうで見守っているから。

1 青年、ちいさな娘と出会う。

深い森の中を若い男が歩いていた。

まだ日のある時間にも拘《かか》わらず、人の手の入っていない森は薄暗《うすぐら》い。時折聞こえる鳥の声以外に聞こえるものもない。どこか重苦しい気配が色濃《いろこ》く漂《ただよ》う場所であった。

彼《かれ》はいかにも不愉快《ふゆかい》そうに顔を歪《ゆが》めて、片手にさげた剣《けん》を見た。

「ああー……くそっ」

吐《は》き捨《す》てながら、剣を近くの草に擦《こす》りつける。酷《ひど》い臭気《しゅうき》の粘液《ねんえき》がべたりと付いた。

「誰《だれ》もやりたがらねぇ仕事なわけだよな。……たくっ、帰る前に水でも浴びていくか」

自らの革のコートにも粘液がついているのを見て、彼は更《さら》に苦々しい顔をした。

この森の中に大繁殖したカエルに似た魔獣の討伐依頼《とうばついらい》を受けて、彼が足を運んだのは一刻ほど前のことだ。討伐自体にはさほど苦労はしていない。武器の扱《あつか》いにも、魔法にも、ある程度の自信がある彼にとっては行き帰りの往復時間のほうが手間であった。

「次の『仕事』まで時間があったから受けた中継《なかつ》ぎだったけど……失敗だったかぁ……」

草を踏《ふ》みしめる自らの足音に、びちゃびちゃと粘着質《ねんちゃくしつ》な音が混じるのを聞きながら、溜《た》め息《いき》混じりに肩《かた》を落とす。

彼が現在拠点《きょてん》にする街から、日帰りで往復できる距離《きょり》であることが、この仕事を請《う》け負《お》った最大の理由であった。彼はそんな安易な決定をした自分自身に呪詛《じゅそ》の言葉を吐いた。

仕事自体はたいしたことがなかった。

森の奥《おく》に魔獣が作っていたコロニーを、発見するのも殲滅《せんめつ》するのも彼には簡単な作業であった。

奴《やつ》らの体液と吐きかけられた粘液にさえ、まみれなければ。

あまりに酷い臭《にお》いに、早々に嗅覚《きゅうかく》が麻痺《まひ》したことが唯一《ゆいいつ》の救いだろうか。

だが、こんな状態で街に戻《もど》っても、顔見知りの門番にすら顔を歪められるだろう。

彼は現在拠点にしている街で、それなりに顔の知られた冒険者《ぼうけんしゃ》になっている。この国で成人と認められる十八歳になったばかりの彼だが、彼の郷里では十五歳で一人前として扱われる。そのころからこの稼業《かぎょう》を生業《なりわい》と定めた彼は、数年の実績で若さを理由に侮《あなど》られない程度には名を売っていた。

茶色混じりの黒髪《くろかみ》に、魔獣の革のロングコート。左腕《ひだりうで》に魔道具の籠手《こて》。という外見的特徴で、デイル・レキという彼の名前が呼び起こされる程度には。

「〝水よ、我《わ》が名のもと命じる、声を届けよ《探索《たんさく》：水》〟」

呪文《じゅもん》を唱え、魔法を行使する。途端に強くなった水の気配に進路を変え、デイルは獣道《けものみち》に分け入っていった。

視界が開けた先には小川が流れていた。目的のものにデイルはほっとした顔をする。

コートを脱《ぬ》いでザブザブと水に晒《さら》す。魔力《まりょく》を帯びた彼の一張羅《いっちょうら》は、それだけで粘液を流してくれた。水も弾《はじ》くのですぐに乾《かわ》く。デイルは近くの枝にコートを干した。

暫《しば》し考える。

自分の身を見回して再確認してみて、なんとなく臭気と粘液の不快感を思い出した。いっそ本格的に洗うべきかと、防刃布の上衣《うわぎ》に手をかける。

この森に棲《す》む魔獣や獣程度では、自分の脅威《きょうい》にならないことを知るデイルの余裕《よゆう》のなせる行為《こうい》でもあった。

あっという間にコートは乾いたが、上衣とズボンは滴《しずく》を垂らしている。デイルは焚火《たきび》をおこすと、広げたコートの上に下着姿で腰《こし》を下ろして、水浴びのついでに捕《と》った川魚を炙《あぶ》っていた。

香《こう》ばしい匂《にお》いが周囲に漂う頃《ころ》には、服もあらかた乾いていた。デイルは魚を気にしながら素早《すばや》く衣類を身に着ける。さすがに、こんな場所での食事を下着姿で楽しめる程には、図太くはない。

かさり、と音がした。

デイルは小動物が匂いにつられてきたのだと思い、視線をそちらに向けて、絶句した。

幼い子どもが、茂《しげ》みの向こうから彼を見ていた。

ちいさな頭が茂みからちょこんと覗《のぞ》いている。

デイルは、まず、気配を読み間違えたことに驚《おどろ》いた。

次に、幼い子どもが、こんな魔獣が棲む森の中をうろうろしていることに困惑《こんわく》する。この周囲には村もないはずだと考えて、それに気付いた。

子どもは、くるりと巻いた形状の、黒い角を側頭部に有していた。

(『魔人族』か……面倒《めんどう》だな……)

内心で舌打ちをする。

七種存在する『人族』の中でも、最も大きい能力を持ち、閉鎖的《へいさてき》で他の人族と敵対的な種族。『魔人族』の身体的特徴は頭部に角を有しているということだった。

(殺《や》るか……?)

それが手っ取り早い方法にも思えた。

面倒事の気配しかない。

デイルは握《にぎ》る剣の柄《つか》に力を込めて——手を離《はな》した。

せっかく水を浴びた直後なのに、返り血を浴びたくない。

そう頭の隅《すみ》をよぎったのが、直接の理由だった。

子どもはこぼれ落ちそうな程、大きな灰色の眸《ひとみ》で、じっとこちらを見ていた。

一度、剣から手を離したデイルは、子どもを観察することができる程度には頭が冷えていた。そこでようやく、この子を初めて見た瞬間《しゅんかん》から感じていた違和感《いわかん》の理由に気づく。

子どもの角は、片方根元から折れていた。

（おいおい……こんな子どもが、罪人だってか……？）

呆気《あっけ》にとられたデイルは、自分でも間の抜《ぬ》けていることがわかるような顔をしてしまった。

以前、冒険者仲間から聞いた、魔人族の習慣の一つだ。

――種族としての象徴《しょうちょう》でもある『角』を、魔人族は神聖なものとして考えている。そのため、罪を犯《おか》したものは、角を片方折られた状態で追放されるのだという――

それを知っていてもなお、疑問を抱かざるを得ない。なにせ、罪人と認定《にんてい》されたにしては眼前の子どもは幼すぎるのだ。

『魔人族』は、デイルたち『人間族』よりも、かなり長寿《ちょうじゅ》の人種となる。人間族の年齢《ねんれい》がそのまま当てはまるかまではデイルには判断できなかったが、茂みの奥から覗く顔の位置から推測した身長からは、五、六歳ほどに見えた。

分別の付く年齢にはとても見えない。

じっと自分のことを見ている子どもの視線が、焚火のそばの魚の方にも向くのに気がついて、デイルはその存在を思い出した。慌《あわ》てて串《くし》を抜く。少し焦《こ》げかけていた。

「…………うーん……」

串を左右に動かせば、子どもの視線も動いた。

どうやら気のせいなどではなく、これのことも随分《ずいぶん》と気になっているようだ。

「…………食うか？」

幼子の前で、見せびらかすようにして食べるのも気まずい。

そんな心理が働いて、彼は半ば無意識にそう声をかけていた。同時に自分自身に向けて、何を言っているのかと呆《あき》れた独白をこぼした。

そのデイルの声に、視線を魚から再び彼の顔に戻した子どもは、少し首を傾《かし》げた。

「〝＊＊＊？　＊＊＊、＊＊＊＊？〟」

「ん？　お……？」

子どもの口から出た言葉に、今度はデイルが首を傾げる。

早くて聞き取れなかったが、どこかで聞いたことのある言語のようにも思えた。

「うーん……あいつ、確か……」

以前魔人族について、彼に教授した冒険者仲間の言葉を記憶《きおく》から引っ張り出す。

「魔人族の言語《ことば》は、呪文に使われる言語と同じ、なんだったけかな……」

そうであったと手を打つ。

呪文とは、魔力という力を現象として行使するために紡《つむ》ぐ言語のことだ。扱うことのできる者は限られ、全ての者がこの言語を操《あやつ》れる訳ではない。だが魔人族は、種族的に全ての者がその言語の適性を持っており、母語の機能も果たしているのだという。

だからこそ魔人族は、『全てが生まれながらの魔法使《まほうつか》い』なのだと言っていたのだった。

「うーん……じゃあ……〝傍《そば》、来る、必要、これ？〟」

呪文に使われる言語から、意味を拾えそうな単語を羅列《られつ》する。会話文として使うことを意識などしたことがなかったために、どうするのが正しいのか、見当もつかなかった。

だが、自分が知る言語に子どもは明らかにほっとしたような顔をした。がさがさと茂みを乗《の》り越《こ》えると、デイルの傍に近寄ってくる。

呼んだのは自分であったが、デイルは再び呆然《ぼうぜん》とした。

見ず知らずの他人の傍に、警戒心《けいかいしん》の欠片《かけら》もなく子どもが近寄ってきたから――だけではない。

子どもは痩《や》せ細《ほそ》っていた。

もとはワンピースであっただろう襤褸《ぼろき》切れから覗く手足は、骨と皮だけにしか見えない。一目で栄養失調だと窺《うかが》える姿。

この幼子を殺すのに、剣など必要なかった。細すぎる首に手を掛《か》ければ、抵抗《ていこう》される間もなく、折ることもたやすいだろう。

魔人族は排他的《はいたてき》であるのと同時に、仲間意識が強い種族として認識《にんしき》していた。だからこそ『追放』が重い罰《ばつ》として成り立つのだ。

それに、寿命《じゆみよう》の長い種族の常として出生率がかなり低い。

子どもは、魔人族にとっての宝なのだと言える。

その幼子が、罪人とされたとしても、このような酷い状態で放置されている可能性を、デイルは考えていなかった。

「やる……食え。……あぁ、なんて言うのかわかんねぇな……」

デイルは顔をしかめながら、子どもに串を押《お》し付《つ》けるように持たせた。魔法の呪文に「召《め》し上《あ》がれ」なんて単語は使わない。

だからこそデイルは串を握らせたのだが、子どもはじっと串を見て、そのあとでデイルを見上げた。

「〝＊＊＊＊＊？〟」

「いいから、食え」

子どもはデイルを窺うようにして見ていた。彼はとりあえず頷《うなず》くことで答えてみせる。

デイルのその様子に子どもはゆっくりと魚を口に運んだ。

少しずつ少しずつ、ちまちまと食べる。

手持無沙汰《てもちぶさた》な彼は、小動物のようだな、と思いながらそれを見ていた。

子どもが時間をかけて魚を食べ終わるのを待ってから、デイルは再び言葉を探した。

「あぁー……〝汝《なんじ》、護る、人、共に、存在？〟」

まだ保護者がいないと決まった訳ではない。たどたどしいデイルの言葉をじっと見上げたままで聞いていた子どもは、先程《さきほど》よりもゆっくりと返事をした。

「〝＊＊＊、＊＊＊＊＊＊＊＊＊＊＊、＊＊＊＊。＊＊＊＊＊＊＊＊＊＊、＊＊＊＊＊＊＊＊〟」

「んー……共に、在る、否定？　……獣《けもの》、拒否《きょひ》……？」

デイルには途切れ途切れの意味しか拾えなかったが、子どもの表情は明らかに暗いものだった。子どもは少し考えるようにして、デイルの手をそのちいさな手で引いた。

森の中を小さな歩幅《ほはば》で進む子どもの後を追いかけながら、デイルは自問していた。

声を掛けたのも、魚を与《あた》えたのも、いってみれば気まぐれだ。自分はこの後どうするつもりなのか――と。

急に子どもはぴたりと足を止めた。不審《ふしん》そうな顔をするデイルを見上げる。

「〝何？　先？〟」

子どもは先を指さして、首を振《ふ》る。

「〝＊＊＊＊＊＊＊＊＊〟」

「また、獣？　……これは否定、か？」

デイルは意味を考えながら、子どもの指さす先に踏み込んだ。

「っ！」

そして息を呑《の》む。

剣を振るうことを生業としているデイルでも、直視するのを躊躇《ためら》う、かつて『ひとであったもの』が横たわっていた。

（……これは、魔人族、だな。角の形から見て……男、か）

いつ息絶えたのかも、判別できない。死亡理由も定かではなかった。

損傷が激しすぎた。

この森は、魔獣や獣が多い。

襲《おそ》われたのか、死後荒《あ》らされたのかまではわからないが、その為《ため》なのだろう。

(角は……ちゃんと両方あるな。……あの子の父親か？　……追放された子どもを一人《ひとり》で放り出したわけじゃねぇんだな)

それを救いと感じても良いのだろうか。

先程の子どもの言葉を思い出す。

単語を繋《つな》ぎ合《あ》わせれば、おそらく父親は最期《さいご》に命じたのだろう。

——自分の遺体の傍にいてはいけない。そのうち獣が集まって来るだろう。その時、幼子一人では身を守ることなど決してできないのだから——と。

「あぁ……くそっ。こんなの見たら、放っておけねぇじゃねぇか……」

デイルは頭をがしがしと掻《か》いた。

父親の最期の祈《いの》りを、自分は拾い上げてしまった。

その言いつけどおりに傍には居ないまでも、同じ森の中でひっそり生き抜いていた幼子を見付けてしまった。

「〝大地に属するものよ、我が名のもと命じる、我の望むまま姿を変えよ《大地変化》〟」

遺体のそばの地面に手をつき、呪文を唱える。ボコリと地面が陥没《かんぼつ》し、穴が一つあいた。

彼の呪文を唱えた声に気付いたのか、いつの間にか隣《となり》に近寄って来ていた子どもが、恐る恐るデイルを見上げた。

デイルは子どもに向かって言う。

「せめて、埋《う》めてやろうな。……伝わるか？　うーん……〝葬《ほうむ》る、土、死、ひと〟……」

デイルの言葉を噛《か》み締《し》めるようにしてから、子どもはこくりとひとつ頷いた。

こんなに酷い状態の遺体を、幼子に見せてよいものかとデイルは一瞬《いっしゅん》悩《なや》んだのだが、子どもの方はとっくにこの現状を受け入れていたらしい。最後の別れをするように、視線も逸《そ》らさずじっと『父親』を見ていた。

もしかしたら、時折様子を見に来ていたのかもしれない。

デイルが穴の中に遺体を納めて、再び魔法でその穴を埋めるまでの一連の行動を、子どもは無言で見守っていた。

「〝＊＊＊＊〟」

「感謝、か？　別に気にするな」

デイルは出来上がったばかりの墓の上に、もう一度魔法を行使する。

地属性魔法で召喚《しょうかん》した、純白の巨石《きょせき》を載せる。

名を刻むことは出来ないが、急拵《きゅうごしら》えにしてはちゃんとした墓になっただろう。

「……はぁ……、まぁ、これも縁《えん》か」

子どもが墓をじっと見ている後ろで、デイルはため息をついた。

「〝我が名、『デイル』、汝、名は？〟」

振り向いた子どもは、驚いたような顔をした。

「ラティナ」

そして一言、その音を紡ぎだす。

「ラティナ……か。ラティナ、〝我、共に、汝、行く？〟」

デイルのその言葉に、今度こそはっきりと驚いた顔をした子ども――ラティナは、こくり。と首を縦に振った。

ラティナと名乗った幼子を改めて見てみれば、襤褸のような服に、壊《こわ》れかけた靴《くつ》、それと銀の腕輪《うでわ》――大人用らしくラティナには大きすぎる――だけしか身に着けていなかった。よくこんな状態で生き延びていたものだと感心する。気候が穏《おだ》やかな季節であったことが幸いであったのだろう。

ラティナの父親を埋葬《まいそう》した時に、何か身元を示すものでもないかと探したのだが、まともな物は見付からなかった。せめてこの幼子に、実の親の形見の一つでも持たせてやりたかったのだが、と思う。

「うーん……ラティナに歩かせたら……日が暮れちまうな……」

自分の半歩にも満たない歩幅のラティナを見下ろしてデイルは独白する。それにこの状態だ。体力があるとは思えない。

「仕方ねぇか……」

腕《うで》を伸《の》ばして抱き上げると、ラティナはまた驚いた顔をした。この子のただでさえ大きな眸が、そんな顔をするとますます大きくなる。

ラティナは暴れることなどもなく、デイルの腕の中に大人しく収まった。

「軽っ！」

思わず口に出してしまうほどに、ラティナは細くて軽かった。

「本当……大丈夫なのか、こいつ……」

出会《であ》い頭《がしら》に物騒《ぶっそう》な考えを抱いた自分が言うのもなんだが。

デイルは元々『悪い』人間ではないのだ。面倒を見ると決めた以上、幼子を心配する程度の心理は働く。

「荷物にもなんねぇな……さっさと帰るか」

デイルは地属性魔法を素早く唱えて方向を確認すると、街の方向に向けて足早に歩き出した。

†

デイルが現在拠点にしている街は『クロイツ』と呼ばれている。

名の通り、いびつではあるが十字の形をしているこの街は、港から王都へ向かう途中《とちゆう》にあるという交通の要所であった。また、魔獣の生息地が近場にあり、冒険者と呼ばれる己《おのれ》の腕のみで生き抜くならず者たちが集まる所でもある。

物資と人の集まるラーバンド国第二の都市。それがクロイツという街だった。

その都市の性質上、旅人に寛容《かんよう》なのもクロイツの特徴だ。

商人という外部から訪《おとず》れる者を優遇《ゆうぐう》することでクロイツは発展をとげた。その資金をもとに懸賞金《けんしょうきん》を設け、魔獣という脅威となりうるものから街を防衛している。

クロイツは旅人によって成り立っているのだ。

クロイツの街は厚い壁《かべ》に囲まれている。壁には東西南北に門があり、門番が常駐《じょうちゅう》していた。人びとはそこで通行税を支払《しはら》い中に入るのだ。

デイルはいつも利用している南門をくぐった。

顔見知りの門番がデイルを見て、おやっという表情になる。

「通行税、二人分《ふたりぶん》だ」

「ああ……何だ？　どうしたその子？　……魔人族か」

デイルが抱くラティナに目を留めた中年の門番は、渡《わた》されたコインを確認しながら尋《たず》ねてきた。

「森で保護した。親と死に別れたらしい。……俺《おれ》が引き受け人になるから問題ねぇだろ?」

「まあ、お前が引き受けるんなら、良いんじゃないか。一応『踊《おど》る虎猫《とらねこ》』で確認するんだろう?」

「ああ」

「じゃあ、大丈夫だろう」

あっさりそう言って、門番はデイルたちを通し、次の通行人へと目を向ける。

門番の反応はデイルの予想通りだった。彼は自分のネームバリューにはその程度の力があることを知っている。

南門を抜けると、そこは庶民《しょみん》の居住区と旅人相手の店が隣接《りんせつ》した区画になっている。デイルが主に利用している区画だ。

高台にある北の貴族街や、西の高級住宅街にはまず用はない。せいぜい東に集中する市場や商店、職人たちの居住区に行くことがあるぐらいだった。

ラーバンド国は、主神を赤の神《アフマル》と定めている。そのために赤い色を尊ぶ傾向《けいこう》がある。

それはクロイツの街並みからも見て取れる。

例えば、立ち並ぶ建物の壁は、灰色の石造りが剥《む》き出《だ》しのもの、漆喰《しっくい》や塗料《とりょう》でぬられたものといったように様々な色彩《しきさい》だが、ほとんどの屋根は鮮《あざ》やかな赤い色をしている。

これは、建物自体に神の加護を賜《たまわ》るための願掛《がんか》けだとも、天高き処《ところ》に在られる神に、矮《わい》小《しょう》たるしもべがここに在ることを訴《うった》えるためであるとも言われている。

下町といえども、街は活気に満ちている。

日が傾き始めるこの時間帯は、家路を急ぐ者、今晩の宿を探す者、今日《きょう》の稼《かせ》ぎを酒と食事に費やす者、旅人相手に食べ物を売る者──などの多くの人びとが行き交っている。

ラティナはデイルの腕の中で、落ち着かなそうに視線をあちこちに向けていた。

その表情には怯《おび》えや恐怖《きょうふ》はない。純粋《じゅんすい》な好奇《こうき》心《しん》のようであった。少し上気した顔で、時折目を真ん丸にしている。多くの人の姿や街の様子に興味を惹《ひ》かれているらしい。

「街は今度なー……」

デイルはラティナにそう言いながらも、内心で伝わらないだろうけどなと独白する。

「〝＊＊＊？　デイル〟」

「あぁー……やっぱり言葉が通じないってのは不便だなぁ……」

人族の言葉の中でも、最もメジャーな言葉である西方大陸語くらいは必須《ひっす》だろうと考えながら、デイルは歩を進めた。

勝手知ったる行き慣れた道をスイスイ進む。

やがてデイルが足を止めたのは、一軒の店の前だった。

入り口には、不可思議な格好をしている虎猫の意匠《いしょう》のアイアンワークの看板と、緑の地に天馬の紋章《もんしょう》が入った旗が並んでいた。

酒場と宿を兼《か》ねた『踊る虎猫亭』と呼ばれる店だった。

デイルは入り口を素通《すどお》りして、建物の裏に回った。裏口から店の中を覗き込む。

「ケニス、居るか？」

「おお……デイル帰ったのか……って何だそりゃ？」

そこは厨房《ちゅうぼう》になっていた。ケニスと呼ばれた無精髭《ぶしょうひげ》が目立つ大柄《おおがら》の壮年《そうねん》の男は、デイルの声にフライパンを振りながら顔を向けて困惑した。

「まぁ……後で詳《くわ》しく話すが……拾った」

「犬猫《いぬねこ》拾ったみたいに言うなよ」

完成した料理を豪快《ごうかい》に皿に盛り付けたケニスは、デイルの返答に更に困った顔をする。

基本的にお人好《ひとよ》しなこの大柄の男だが、ついこの間までは巨大《きょだい》な戦斧《せんぷ》を振り回す腕利《うでき》きの冒険者だった。それはこの店を利用する者たちにとっては周知の事実だ。

「とりあえず、お湯使ってもいいか？」

「ああ。構わないけどよ……」

ケニスの了解《りょうかい》を得ると、デイルは裏口の横に設けられた小屋の扉《とびら》を開けた。

そこは風呂場《ふろば》になっていた。

石のタイルが敷《し》かれ、バスタブが設けられているだけの簡易なものであったが、充分《じゅうぶん》その機能は果たしている。

デイルはバスタブの横の、火と水の『魔道具』に魔力を注ぐ。温度を確認しながら、バスタブにお湯を満たしていった。

魔道具により、水の供給はおろか、お湯を作ることも難しくはない。とはいえ一般家庭の多くには風呂場は存在しない。人びとは街のあちこちで営業している湯屋を利用するのが一般的だ。

『踊る虎猫亭』に風呂場があるのは、時間を問わずに仕事帰りの冒険者たちが湯を使えるようにという配慮のためだ。数刻前のデイルのように酷い状態になる冒険者も少なくはない。

ラティナはデイルの一連の行動をじっと見ていた。魔道具自体を珍《めずら》しいと感じているのかもしれない。

デイルはコートを脱ぎ、籠手や剣、他の荷物と共にまとめて隅に置いてから、ラティナを呼んだ。

「ラティナ〝来る〟」

ちょいちょいと手招きすると、ラティナはデイルの隣に立った。

服を脱がせようとしたら、ラティナは初めてデイルに抵抗した。


「あー……やっぱ、女の子だったんだなぁ」

不本意そうなラティナを裸《はだか》に剥いて、バスタブに放り込みながら、デイルは呟《つぶや》いた。

声や服装からなんとなくそうだとは思っていたが、確信にまでは至らなかったのだ。骨の浮《う》いた痛々しい体と髪《かみ》をお湯で濯《すす》ぐ。バスタブのお湯はすぐに真っ黒になった。

一度お湯を捨て、再びお湯をはる。

バスタブに石鹸《せっけん》を入れ、ついでに泡立《あわだ》てた。それでラティナの脂と汚《よご》れで縄《なわ》のようになっている髪を洗う。

体も洗う。また汚れたお湯を換《か》えた。

再度お湯をはり、ラティナの髪を洗いながらデイルはふと、気付いた。

（あれ？　この子って、凄《すげ》ぇ……美少女素材なんじゃねぇか？）

何度も洗ったラティナの髪は、白金の色と輝《かがや》きを取り戻していた。

片方だけの角も、艶《つや》々《つや》と黒い宝石のような質感をみせている。

あばらが浮き、痛々しく痩せ細ってはいるが、それは今後回復していくだろう。魔人族は元々頑強《がんきょう》な種族なのだから。

顔も窶《やつ》れているために、今は目ばかり目立つが、汚れを落としたラティナの顔の造作はかなり整っている。頬《ほお》が丸みを帯び、血色も良くなれば、愛らしい少女となるだろう。

（あー……こりゃあ、寝覚《ねざ》めも悪くなるし、ますます見捨てるわけにはいかねぇかぁ……）

手を放せば、あっという間にろくでもない好き者に目を付けられるだろう。片角を失った魔人族は、同族から捨てられ後《うし》ろ盾《だて》がないことを喧伝《けんでん》しているようなものなのだ。幼子に良からぬ事を考える輩《やから》には格好の獲物《えもの》だ。

（関《かか》わるって決めたんだからな……覚悟《かくご》を決めるか……）

デイルは心のうちで、そう呟いていた。

そんな密《ひそ》かな決意を胸の内に抱いた時だ。

「デイル、あんたなんかやらかしたんだって？」

若い女の声が、彼の背中にかけられた。デイルが声の主へと視線を向ければ、『踊る虎猫亭』の裏口から、黒髪の女性が出てくるところだった。

ケニスの妻のリタだ。

『踊る虎猫亭』は、この若夫婦《わかふうふ》が切り盛りしている宿である。

リタは、デイルが幼い女の子をわしわしと洗っている姿にぎょっとする。

「隠《かく》し子《ご》？」

「なんでその発想になるんだよ。俺の幾《いく》つの時の子だよ」

デイルは呆れたように返してから、

「森の中で拾った。親の死体もそこにあった」

と、端的《たんてき》に答える。リタはそれを聞きながらまじまじと少女を観察して、その痛々しい様子や他人種であることに気付く。傍に落ちていたボロボロの布きれにも目を留めた。

「この子が着ていたのって、まさかこれ？　またこれ着せる気じゃないでしょうね？」

「あー……忘れてた」

「ちょっと待ってなさいよ」

リタは踵《きびす》を返して、店の中に駆け戻っていった。

とりあえず汚れを落とすことは考えていたデイルだったが、替《か》えの服のことまでは全く思い至ってなかったのだ。

「〝デイル、＊＊＊＊？〟」

「ん？　現在、疑問、……今の誰かってことか？　リタ。ここの女将《おかみ》だよ」

「……？　りた？」

「そーだ。リタだ」

こてん。と首を傾げたラティナと言葉を交《か》わしている間に、リタが戻ってきた。手には布などを色々抱《かか》えている。

「その様子じゃ、拭《ふ》く物も用意してないんでしょ！　これ使いなさい。こっちは私の昔の服よ。この子には大きいと思うけれど。あと下着！」

「あー……悪い。すまないな、リタ」

「何よその微妙《びみょう》な顔。こないだ縫《ぬ》ったばかりの新品よ。さすがに古着の下着穿《は》かせようとは思わないわよ」

下着を色気の欠片もなく差し出されて、微妙な顔となったデイルに、リタはずけずけと言う。

リタはこういう女だ。そうでなければ、冒険者相手の店などやってられないのかもしれない。

バスタブからラティナを抱き上げて出し、リタから渡された柔《やわ》らかい布で覆《おお》う。水分を拭き取られながら、ラティナはリタに指を向ける。

「デイル、リタ？」

「ああ。そうだよ」

「リタ、ラティナ」

ラティナは自分に指を向けると、リタにぺこんと頭を下げた。

「ご挨拶《あいさつ》出来て偉《えら》いわねぇー」

リタはにこにこ笑って、ラティナに目線の高さを合わせてしゃがみこんだ。この女将は、基本的には子ども好きなのだ。ケニスとの間に早々に子どもを授《さず》かることを願っていることも、デイルは知っている。

「リタ。ラティナ、魔人族の言葉しかわかんねぇから」

「そうなの？　じゃあ、あんたどうやって会話してんの？」

「呪文言語と同じだから、単語くらいはなんとかなる」

「ふーん。で、どうする気？　この子？」

「とりあえず、店で『緑の神の伝言板《アクダル》』で調べてからだな」

ラティナはデイルの手を借りず、渡された衣類を身に着けていた。身の回りのことは一人で出来るらしい。

ラティナは見た目以上にしっかりとしているようだ。そうでなければ、あのような過酷《かこく》な状況《じょうきょう》で生き残っていることなどできなかっただろう。

ラティナの着替《きが》えが済む間に、デイルは自分の荷物を裏口から店の中に入れた。靴の替えまではなかったために、着替えを終えたラティナをデイルは再び抱き上げた。リタの後に続いて裏口に入り、厨房を通ると、店の表側に抜ける。

店の内部はそこそこの人数の客が食事をしているという、それなりの賑《にぎ》わいだった。この店は、その性質上、昼前と完全に日が沈《しず》んだ頃が忙《いそが》しくなる。今の時間はまだケニス一人で回せていたらしい。

カウンターの一角にリタと向かい合って座《すわ》る。

「さて、何を調べてほしいの？」

「名前はラティナ。魔人族。この条件で捜索《そうさく》が出されている。もしくは、手配されているか、だな」

「そうね。それは必要ね」

リタは頷いて、カウンターの内側に設けられた『緑の神の伝言板《アクダル》』と呼ばれている板状のものに、手を滑《すべ》らせる。

「ラウハ、セッゲル、ヨナーディ」

リタの言葉に反応して、板は淡《あわ》い緑の光を帯びる。

リタは板に視線を向けてはいるが、どこか遠くを探《さぐ》るように、そこではない遥《はる》か遠くを視《み》ていく。

「うーん……該当《がいとう》する情報はないわね。一応、外見的特徴でも再検索してみるけど……」

「頼《たの》む」

リタが操る『緑の神の伝言板《アクダル》』こそ、この店の最大の強みだ。

緑の神《アクダル》は、情報を司《つかさど》り旅人を守護する神だ。

緑の神《アクダル》の神殿《しんでん》はありとあらゆる情報を収集、管理する場となっている。この神の神官や司祭は、その『加護』の力により、通常とは比べ物にならないほどに強力な情報伝達魔法を行使することができる。それが最大の理由だ。

これにより、緑の神《アクダル》の神殿がある地域では、地域格差がなく、同等の情報が共有されている。

その情報の一部は、市井《しせい》にも開放されている。

その窓口となるのが、この店のように外に緑の神《アクダル》の紋章の旗——緑の地に天馬の意匠——を掲《かか》げた場所である。

——一説には、情報収集自体に集中したい神殿の人びとが、情報を求める外部の人びとの対応が煩《わずら》わしいと、外部にまるっと委託《いたく》したとも言われている。そんな話が真実味《しんじつみ》を帯びるほど、緑の神《アクダル》の神官たちは独特の感性で生きている――

市井に開放されている情報は、主に世界のトップニュース、新たな発見、発明の情報などだ。そしてそのほかに大きな位置を占《し》めるのが犯罪関連の情報だ。

大きな罪を犯した者などは、世界中に手配される。

国境を越えて他国の軍や官吏《かんり》が犯罪者を追うことは難しい。そのため、報奨金《ほうしょうきん》を掛《か》けて神殿経由で手配を掛けるのだ。冒険者《ぼうけんしゃ》の中には、そういった賞金首を専門に追う者も多い。

大掛かりな魔獣の討伐依頼《とうばついらい》なども神殿に寄せられる。

『緑の神《アクダル》の伝言板』とは、神殿から情報を引き出す端末《たんまつ》だ。それがある店には、情報を求める冒険者たちが集まって来る。その冒険者目当てに、街の人びとが持ち寄る依頼もこの場所に集まるのだ。

『踊る虎猫亭』は、酒場と宿屋であるのと同時に、仕事を探す冒険者のための仲介所としての役割も担《にな》っているのであった。

「やっぱり該当する人物はいないわね」

「じゃあ……やっぱ、ラティナは重罪人ってわけじゃねぇな。……親の捜索もねぇなら、あの死体は父親だったたってことで間違いないだろうな……」

デイルとリタが真剣《しんけん》な顔で話しているのが、自分のことであるのを理解しているのかいないのか。

デイルの膝《ひざ》の上のラティナは、キョロキョロと周囲を見渡《みわた》したり、デイルを見上げてみたりと忙《せわ》しない。

こんな店に不釣り合いな幼児の姿に、食事をしている厳《いか》つい男たちも時折こちらを見ている。ラティナは目が合うと、こてん。と首を傾げたり、じっと見返してみたりを繰《く》り返《かえ》している。

そんな中しばらくすると、ラティナから異音が響《ひび》いた。

具体的には、腹の虫が鳴ったのだ。

「…………ラティナ?」

「あー……匂《にお》いにつられちゃったのねえ」

二人に同時に注目されて、ラティナは少し気まずそうな顔をする。

リタはカラカラと笑って、ケニスに声を掛けた。

「ケニス、この子にご飯作ってあげて。消化の良いものでお願いね」

「ついでに俺の分も頼む」

デイルはそう言って、カウンターからテーブル席に移動する。ラティナにはテーブルが高すぎるので、椅子《いす》の上に適当な台となるものを載せてから座らせた。デイルも椅子を寄せて隣に座る。

「で、デイルあんたこの子どうするつもり？」

「俺が面倒《めんどう》みるさ。言葉も通じない、他人種の子どもを万年予算不足のこの街の孤児院《こじいん》に預けても、ろくなことにゃならねぇだろうしな」

口に出して宣言するのは、覚悟を決めるためでもある。

デイルも子どもを育てることと、その責任を容易《たやす》く考えている訳ではない。

「俺がこの子の保護者《おや》になるよ」

†

ほかほかと湯気のたつ、ミルクとチーズのリゾットを前に置かれたラティナは、その灰色の眸《ひとみ》を丸くした。

横には、燻製肉《くんせいにく》と細かな野菜が煮込まれたスープが並んでいる。

そのずいぶんこじんまりと盛り付けられた食事の横に、その何倍もの量のデイルの分が置かれる。デイルの皿には、更《さら》に大ぶりな腸詰《ちょうづ》めが乗せてあった。

「ラティナの分、少なくねぇか？」

「馬鹿《ばか》ね。こんな小さな子が、馬鹿みたいに食べるあんたと同じような量食べるわけないでしょう」

給仕《きゅうじ》したリタが呆れたように言う。

「たくさん食べさせ過ぎても、おなか壊しちゃうわよ」

リタは匙《さじ》をラティナに渡すとにっこり笑う。デイルや店に来る客相手の接客とは、天と地ほどに差があった。

「〝デイル？　＊＊＊＊＊＊＊？〟」

「おう、食え」

デイルも薄々《うすうす》この幼い子どもが、ひとつひとつ自分の許可を求めているということには気づいていた。

言葉の意味はわからずとも、表情を見ればその程度はわかる。

ラティナは匙をリゾットの中に入れると、ひと匙すくい、口に運んでビクッとした。

慌ててはふはふと口を開いているところを見ると、思っていた以上に熱かったらしい。

「リタ、水ーっ」

「あら、熱かった？」

ふた匙目を一生懸命《いっしょうけんめい》吹いている。そんなラティナの様子に笑いながらデイルは声を上げ、リタも少し眉《まゆ》を寄せた。

ひとしきり匙を吹いたラティナが、ぱくんとリゾットを口にする。表情が一気に明るくなった。

わかりやすい。

「そうか、旨《うま》いか。良かったなぁ」

デイルも自分の分を口に運ぶと、表情を緩《ゆる》めた。隣でこれほど美味《おい》しそうな顔をされると、いつも通りのはずの食事が旨く感じるから不思議だ。

デイルの言葉に込められた、やさしい響きを感じ取ったのだろう。

ラティナはにこりと笑った。

初めて見せる笑顔《えがお》だった。

「うん。もっと食え、ラティナ。腸詰めも食うか?」

「だから、食べさせ過ぎたら駄目《だめ》だって言ってるでしょう!」

自分の皿からラティナの皿に、たっぷり取り分けようとしたデイルの頭を、水を運んできたリタが、お盆《ぼん》でパコンと叩《たた》く。

ラティナが驚《おどろ》いた顔をした。

「だって……栄養つけなきゃ駄目だろう――……」

「一気に食べさせるなって言ってるのよ！　この子用のおやつも用意してあげるから！

ケニスが！　一回に食べられる量が少ない分、回数を増やすの！」

遠くの方で、

「作るのは俺なんだよな――……まあ、良いけど……」

という声が聞こえた気もするが、二人とも気にも留めなかった。

相変わらず食事をするラティナは、ちまちまと食べ進めていく。結果、量にかなりの差があるにも拘《かか》わらずデイルが先に食事を終えた。

そのラティナの食事が終わるのを見計らったように、リタが追加の皿を持ってくる。

中身を見れば、果物《くだもの》のコンポートが数切れ入っている。

普段《ふだん》甘《あま》い物などメニューにないこの店で、デザートの類を見たことなど初めてだ。

「ケニスが子どもに甘いとは……見た目によらないな……」

まだほのかに温かいことから、即興《そっきょう》で用意したのだろう。ラティナに食べさせるために。

ラティナの前に置くと、ラティナはまた彼《かれ》の許可を求めるように顔を見る。デイルが頷くのを見て、果物を口に運んだ。

ぱあぁぁぁっ
と、今までで最高峰《さいこうほう》に表情が明るくなった。目がきらきらしている。

「良かったなぁ」

夢中になって食べているラティナは、よっぽどコンポートが気に入ったようだった。あの森の中では食べることのできるものを探すだけで精一杯《せいいっぱい》だったのだろう。甘い物などあるはずもない。

「どう？　美味しい？」

他の客の料理を運んできたついでにリタがラティナを覗《のぞ》き込《こ》めば、ラティナは先ほど以上の笑顔をリタに向けた。

背後で満開の花が咲《さ》き乱《みだ》れているような、満面の笑みだった。

言葉が通じなくとも、充分すぎる返答だった。

(早急《さっきゅう》に言葉を教えよう……食べ物につられて、変な奴《やつ》に付いて行ったりしないように)

そんなラティナの笑顔に、テーブルの下でぐっと拳《こぶし》を握《にぎ》ったデイルは、自分自身もラティナを餌付《えづ》けた自覚がある。

全部食べ終わった後も、ラティナはコンポートの皿を覗き込んでいた。

デイルはそんなラティナの頭を撫《な》でた。いきなりのことに驚いたのか、ビクリと体が跳《は》ね上《あ》がった。

だが、デイルの表情を見て緊張《きんちょう》を解く。

「驚かせたか、悪いな。今日は疲《つか》れただろう？　色々なことがあったからな」

デイルの声を聞きながら、ラティナは少し首を傾《かし》げた。

その間も、じっとデイルの真意をはかるように目を逸らさない。そういえばこの子はよく周囲を見ている。観察力に優《すぐ》れているのかもしれない。

その割には、警戒心《けいかいしん》は低いようにも感じられるが。

デイルがラティナを抱き上げると、彼女《かのじょ》は自分からデイルの首に腕を回した。どこかぎこちなく、それでもデイルに甘えるように力を込める。

ラティナの方からしがみついてくれたお蔭《かげ》で、体勢はしっかりと安定する。デイルは片《かた》腕《うで》でラティナを支えて、再びカウンターの方に向かった。

「リタ、もうラティナを休ませるから、部屋に行くな」

「わかった。お休み、ラティナちゃん」

リタの声にラティナは再びにこりと笑う。どうやら彼女はこの短い時間で、デイルやリタを安全な相手として認識《にんしき》したようだ。

出会った時よりだいぶ表情が柔らかくなっている。

それが無性《むしょう》に嬉《うれ》しいような、面映《おもは》ゆいような気持ちだ。

出会って間もないのは、デイル自身にも言えることだ。このちいさな子ども相手にそんなことを思うようになるなんて、昨日《きのう》までの自分には思いもよらなかったことだった。

カウンターの横から中に入り、厨房へと抜《ぬ》ける。

ケニスが奮闘《ふんとう》するその背中に、

「ケニス。ラティナ、果物旨かったって」

と声を掛《か》ける。

「おう」

振り返りもせず答えたケニスの後ろを通り、デイルは、食材などが積まれた場所の奥《おく》にある階段を上がった。

二階を素通りして更に梯子《はしご》をのぼる。

着いたのは屋根裏だった。

乱雑に様々な荷物が置かれている。——多くは一階で、冒険者相手に販売《はんばい》している雑貨の在庫だ——その更に奥に、生活感のある一角がある。

デイルが間借りしている一角だ。

この場所があるということも、デイルがラティナを引き取ることを決めることができた理由の一つだった。

デイルはこの街の住人という訳ではないのだが、長期の拠点《きょてん》とするにあたり、住居としてここを借りている。宿を転々とするには不便もあって、昔馴染《むかしなじ》みのケニスを頼《たよ》ったという経緯《けいい》だった。

結婚前のリタが私室として使っていた屋根裏のスペースが空いていたということもあり、すんなりここを借りることが決まった。少々天井《てんじょう》が低いことにさえ目をつぶれば、充分な住処《すみか》だった。

デイルは金払いも良いし、荷物や在庫をちょろまかすような貧乏臭《びんぼうくさ》いケチな真似《まね》はしない。彼の人間性と生活基盤を知る家主夫婦にとっても悪い間借り人ではないらしい。

デイルは自分の『部屋』でラティナをおろす。

そこには異国調の厚い敷物《しきもの》が敷かれ、窓の近くには机と棚《たな》があった。後はベッドと蓋付きの大きな箱がある。住人としては荷物が少なく、旅人としてはかなりの荷物だろう。

「〝わずか、待つ、この場所〟」

ラティナがこくりと頷《うなず》くのを確認《かくにん》してから、デイルは一度下に戻《もど》った。放ったままの荷物やコートを取りに行くためだ。

デイルが戻ると、ラティナは『部屋』の中をうろうろと歩いていた。やはりこの子は好奇心がかなり強いらしい。それでも勝手に触《さわ》ってみたりしないあたり自制心も強いのだろう。

自分がこの歳《とし》の頃《ころ》どうだったかなんて思い出すのは難しいが、街中で遊ぶ子どもたちを脳裏《のうり》に思い浮かべてみても、この子はしっかりしていると思う。

デイルはブーツを脱《ぬ》ぎ捨《す》て、自分のテリトリーに入る。

彼の郷里は椅子ではなく床《ゆか》に直接座る文化のところで、自分の部屋でくらいは馴染んだ楽なスタイルでいたい。床に郷里風の敷物を敷いたのもそのためで、それを泥《どろ》で汚す気にはなれなかった。

ボックスの隣《となり》にコートを掛け、荷物を置く。武器類はベッドにも近い棚の上が定位置だ。窓を開けて新しい空気を入れてから、防刃布で出来た上衣と厚手の素材のズボンも脱いだ。

「ラティナ、おいで」

手招きで意味を悟《さと》ったラティナは素直《すなお》に寄ってくる。彼女を連れてデイルはベッドの中に入った。

普段《ふだん》の彼の生活リズムに比べれば、だいぶ早い時間だが、休めるときに休むことができるというのも、冒険者として必須のスキルのひとつだ。

このまま寝てしまっても何の問題もない。

ラティナが嫌《いや》がる素振《そぶ》りをしたらどうするか、と懸念《けねん》していたが、それに反してラティナは素直にデイルの隣で体を横にした。

ラティナが仔猫《こねこ》のように、体を丸めて寝息をたてるまで僅《わず》かな時間だった。

（やっぱり、疲れるよな。言葉も状況もわからない、知らない人間に囲まれた場所に連れてこられたんだもんな）

デイルは自分でも驚くほどに穏《おだ》やかな気持ちでラティナの髪を撫でる。

保護者《おや》になると決めたばかりでこんなことを思うのも不思議だが。こんな風に誰《だれ》かと暮らすのも悪くないかもしれない。

そんなことを思いながら、デイルは自分より暖かい体温を感じながら眠《ねむ》りに落ちていった。

そう時間が経《た》たない後に、真っ青になったラティナのぺちぺち連打で起こされるまでは。

ラティナが最初に覚えることを要望した言葉は『トイレ』だった。

因《ちな》みに彼女の尊厳は守られた。

2 ちいさな娘、新たな生活をはじめる。

翌朝。デイルが目覚めたのはだいぶ早い時間だった。

昨夜、早く寝たのが理由だろう。デイルは他人の気配に視線を向けて、自分の隣の彼女に気付いた。

「……ああ。そうだった。……拾ったんだった」

欠伸《あくび》をしながら同居人の存在を思い出す。くぴゅるくぴゅると、どこか調子外れな寝息をたてるラティナは、デイルの服の一部をしっかりと掴《つか》んでいる。

どうやって起こさないようにベッドを出るか、思案する。

だが、デイルが体を起こしたところでラティナはぱちりと目を開けた。

慌《あわ》てたように飛び起きて、デイルに追《お》い縋《すが》る。

彼女の不安の一端《いったん》を感じて、デイルは微笑《ほほえ》みかけた。少しでも安心してもらえるように。

「おはよう。ラティナ」

そう言って、彼女の頭を撫でた。

デイルはベッドを出ると、仕事の時とは異なるシンプルなシャツとゆったりしたつくりのズボンに着替《きが》えた。腰《こし》に財布《さいふ》とナイフだけをさげて、寝癖《ねぐせ》を手ぐしで整える。ブーツを履《は》いてラティナを抱き上げた。

彼女は着替えのひとつも無いので、昨日のままの姿で寝ている。少しスカートがシワになっていた。

一階に降りて、店ではなく厨房にあるテーブルにラティナをつかせる。

「あら。おはよう、ラティナちゃん」

デイルとラティナに気付いたリタが笑いかける。もちろんラティナにだけだ。

ケニスとリタは朝食の仕込みの真っ最中だ。冒険者連中は、朝からやたら量を食べる。宿泊人数に比べても異常なほどの食材が必要なのだ。その上、朝食だけを食べに来る客までいる。盛況《せいきょう》であるのは同時に、店の人間にとっては忙しすぎるほどに忙しいということでもある。

デイルはそのまま裏に回り、風呂場の横にある洗い場で顔を洗う。顔を拭いた手拭《てぬぐ》いを洗うと、濡《ぬ》れたそれをラティナの所に戻って渡《わた》す。

彼女は正しくその意味を悟ったらしい。こしこしと自分の顔を渡されたそれで拭いた。

下着類を洗濯《せんたく》するまでが、彼の朝の一連の動きだ。洗い場に設けられている干し場に吊《つる》す。

戻ると、リタがラティナの髪をすいているところだった。リタは呆《あき》れたように、感心したように、と忙しない顔をしている。

「ラティナちゃんの髪、綺麗《きれい》な色。見事ねー。馬鹿デイル。女の子の髪、あんたと同じようにボサボサのままにしておいちゃ、駄目よ！」

確かに、櫛《くし》を通したラティナの髪は、今までとは比べものにならない程に艶やかになっている。そういうものかと、新米保護者は心のメモ帳に書き込んだ。

リタは器用にラティナの髪を結い上げて、飾り紐《リボン》を結んだ。髪と紐でラティナの角はほとんど隠れる。

リタはデイルをチラリと見て、囁《ささや》くように言う。

「魔人族だっていうのはともかく、片角が折れているのは、目立たない方が良いわよ」

「わかっている。すまない」

デイルはリタにそう言ってから、ラティナに視線を向けた。

体格に変化はないが、清潔にし、髪と服を整えたラティナは、何処《どこ》から見ても女の子にしか見えない。森の中の薄汚《うすよご》れた性別不詳の幼子とは別人だ。

「おう、おはよう。ほら、朝飯だ」

リタと入《い》れ違《ちが》いに、両手に皿を持ったケニスがやって来る。ラティナはケニスに向かい、少し考えるようにしてから、

「おはぁよぉ」

あまり自信の無さそうにそう言って、ぺこりと頭をさげる。

ケニスが固まり、デイルが表情を歪《ゆが》めた。

朝から同じ言葉をかけられて、挨拶だと見当を付けたのだろう。

やはりこの子は、観察力に優れているらしい。かなり賢《かしこ》い部類に入るのではないかというのも、薄々察していたところだ。

「〝＊＊＊？　＊＊＊＊？〟」

「いや、合ってる。〝正しい〟」

デイルの表情に、自分が間違《まちが》えたのかと不安そうな顔になったラティナに、デイルは慌てて笑いかける。

「くそっ、ケニス覚えてろよ」

「大人《おとな》げねーな」

だが、『初めてのご挨拶』を奪《うば》われたデイルは、はりつけた笑顔のままケニスに文句を付けた。ケニスもどことなく締《し》まらない顔をしている。

「やっぱり、早くリタに産んでもらおう」

子どもって良いなぁと、呟きながらケニスは自分の仕事場に戻って行った。

デイルの朝食は、普段通りのパンにチーズと燻製肉のグリルといった献立《こんだて》だが、ラティナの分は特別製だった。パンはミルクと卵に浸《ひた》されて、中がとろとろになるように焼き上げられ、昨日のコンポートがのせられている。薄《うす》く切られた燻製肉がカリカリに焼かれて添《そ》えられていた。

更にラティナの前のグラスには、よく冷やされた果汁《かじゅう》が注がれた。

これを冷やしているのは、『魔道具』――全《すべ》ての人々が内包する力である『魔力《まりょく》』を動力に稼動《かどう》する道具の総称《そうしょう》である――だった。

魔道具は一般《いっぱん》に流通している。

どこの家にもまずあるのが、『水』『火』そして『水／冥』の魔道具だ。どれも台所に関わる魔道具である。つまり、『飲料水の供給』と『点火』、『氷による冷蔵』を魔道具で担っているのだ。

それなりに値段もするので、無論共用井戸を使い、火おこしで火を点《つ》けているものもいない訳ではない。だが、圧倒的《あっとうてき》に少数派だ。利便性には敵《かな》わない。

その為《ため》に冷やされた食べ物も珍《めずら》しくないものになっていた。

果汁をこくりと飲んだラティナが、嬉しそうな顔をデイルに向ける。

「ああ、良かったな。……ケニスの奴、本気で餌付けにかかっているな」

後半はラティナに聞こえないように、小さな声で呟《つぶや》く。

ラティナはパンも夢中で食べていた。やはり甘味《あまみ》のあるものが好みらしい。

「なぁ、リタ。女の子用の服とかって、どこらへんで売ってるんだ？」

食事を終えて皿を運びながらデイルは尋《たず》ねる。まだ食事が半ばのラティナが慌てたようにデイルを見たので、彼女の見える位置に腰をすえる。そのまま山盛りの芋《いも》の皮を剥《む》きはじめたのは、相手の手を止めさせる以上、手伝うのは当たり前だという彼の義理堅《ぎりがた》い部分であった。

「後、当面必要になるもの、教えてくれ。男の目線だと、忘れがちなもんとかさ」

「そぉねぇ……仕立てて貰《もら》うなら、東区のアマンダの店とか評判が良いわよ。まぁ、天気も良いし、広場に市も出てるでしょ。そこで古着探しても良いんじゃないかしら。靴《くつ》はバルトの所にしときなさい。角の店よ。そうね後は……」

リタは手を止めて、ペンを滑らせてリストを作る。

聞いているだけでデイルは、女性の買い物に対する執念《しゅうねん》の一端を感じ取って、戦慄《せんりつ》した。

ラティナが食事を終えるのを待ち一息入れてから、デイルは、彼女を抱いたまま『踊《おど》る虎猫亭《とらねこてい》』から外に出た。

「まずは靴だなぁ……裸足《はだし》で歩かせる訳にはいかねぇからな」

彼女の重さ自体は苦にはならないが、荷物も運ばなくてはならない。

「デイル？」

「『買い物』は、何て言えばいいんだろうなぁ……」

絵本でも買って帰るかと、独白する。安価な買い物では無いが、それほど彼にとっては負担にならない。

街の中心部に近づくにつれ、冒険者の姿は見えなくなり、街住まいの人々が多くなる。中心部の広場で開かれる市は、近隣《きんりん》の村人や旅の商人も品を並べている。それを目的にしている者も多いのだろう。

デイルは途中《とちゅう》で道を曲がり、東区の方へと向かう。

リタに聞いた通りにバルトという職人が構えている店の扉《とびら》をくぐった。

——その数刻後、広場で、疲れ切った顔で座り込んでいるデイルの姿を見つけることが出来た。

「つ、疲れた……」

ぐったりと項垂《うなだ》れ、呟く。そのデイルの隣には大きな袋《ふくろ》が積まれている。

正直言って、魔獣を切り倒す方が楽だ。女性しかいない店の中で、慣れない買い物をし続けるのが、これ程の苦行だとは思わなかった。

女児用の下着を片手に持つ自分に向けられた視線とか、本当にやめて欲《ほ》しかった。隣にラティナがいなければ、本気で憲兵を呼ばれていたかもしれない。

などと、悲観的に考えてしまう程にデイルは疲弊《ひへい》しきっていた。

「デイル、〝＊＊＊＊＊＊？〟」

「ああ。心配しなくて良い。〝否定、問題〟……大丈夫《だいじょうぶ》だ」

「だい、じょーぶ？」

「ああ。そうだ」

隣に座ったラティナは、市で買った果実を食べている。出かける前に、リタに口が酸《す》っぱくなるほどに、水分補給と栄養を与《あた》えるよう言われてきたのだ。

デイルに切り分けてもらった瑞々《みずみず》しいそれを食べた後、ラティナはべたべたになった手を見て思案にくれている。

しばらく見ていると、途方《とほう》にくれたように見上げるラティナと目が合った。

「……ラティナって、結構育ちが良かったのかもな……」

この辺の悪ガキなら、とっくに服の裾《すそ》で拭《ぬぐ》っていることだろう。昨日から彼女を見ていると、だいぶ『お行儀《ぎょうぎ》が良い』印象を受ける。

勿論《もちろん》、デイル相手に緊張しているという面もあるのだろう。

この賢い幼子は、それくらいの気は遣っていそうだ。

「〝水よ、我命じる、現れよ《発現：水》〟」

デイルの短い詠唱《えいしょう》で呼ばれた水の玉が、ラティナの手の上で弾《はじ》ける。

「拭《ふ》ける物……ついでに、ラティナ用の手巾も何枚か買っておくか……」

そう呟いて、再び市を覗きに立ち上がったデイルは、その繰り返しで、当初の予定をはるかに越《こ》えた買い物を自分がしていることには、まだ気付いていない。

——彼が自覚をしたのは、大量の荷物を抱《かか》えて帰り、リタとケニスに呆れられた時であった。

ほどなく買うべき物は揃《そろ》ったが、ラティナはその頃にはだいぶ疲れた顔をしていた。

「ラティナ、大丈夫か？」

「だいじょうぶ」

だが、問いかけても、そう答えて首を振る。

この気を遣うことを知っている幼子に、この単語を教えてしまったのは失敗かもしれない。

デイルはため息をひとつついて、荷物を抱え直すと、ラティナを抱き上げた。

「デイル、だいじょうぶ」

「〝疲労《ひろう》、癒《いや》す、無理、否定〟」

それでも首を振ったラティナに言い聞かせて、背中をポンポンと叩いた。荷物はかさばるものの、ラティナを含《ふく》めても運べないほどではない。

案の定、デイルが『踊る虎猫亭』に着いた頃には、ラティナは彼の腕《うで》の中で寝息をたてていた。

相変わらずラティナの寝息はどこか調子外れだ。今はくぷゅぅくぷゅぅという音が聞こえてくる。

客席の椅子を並べて作った即席《そくせき》の寝床で、彼女は昼寝の真っ最中だった。

今、『踊る虎猫亭』にはほとんど客はいない。食事をするには早いし、仕事を探すには遅《おそ》い時間だ。情報を求める旅人や冒険者がぽつぽつと姿を見せるくらいだ。

ラティナの寝顔を見守りながら、デイルは薄めたワインを飲んでいた。

「うーん……」

つい唸《うな》り声《ごえ》が漏《も》れる。

「何。その辛気《しんき》くさい顔」

カウンターの中で店番をしているリタが、呆れた顔を向けた。

「昨日の依頼なんだけどさ。完了《かんりょう》の報告しないといけねぇんだけどさぁ……ものがものだったから、一部を切り取って持ってくるってわけにもいかなくてさ」

「ああ、あれ。くっさいもんね。持ってきたら出入り禁止よ」

「知ってたんなら、教えろよ」

「教えたら、誰も依頼《いらい》受けないでしょ？」

至極《しごく》当然のようにリタは答える。

だから、依頼達成条件がああなっていたのかと、後から納得《なっとく》したのだ。

「依頼主連れて、現地確認しに行かなきゃなんねぇんだよ。明日《あした》たぶん遅くなる」

この仕事の依頼主は、クロイツの薬師《くすし》の連名だった。

ちょうど魔獣がコロニーを作っていた先に、この地方ではそこにしか生えない薬草の群生地があるのだという。

魔獣退治を為《な》した証明作業として、後日、薬師を連れて現地に向かうという契約《けいやく》となっていたのだ。

通常のこういう形態の依頼は、大抵《たいてい》魔獣の体の一部——耳など——を切り取って運んで来ることが多い。だが今回の『カエル』は例外だ。あれほどの悪臭《あくしゅう》を放つ魔獣はそうそういない。

依頼を達成した以上、今度は確認作業までに時間を置いて、依頼人を待たせるわけにもいかなかった。とはいえ、

「ラティナ連れていく訳にはいかねぇしな……」

向かう先は魔獣の生息地域だ。引き取ったばかりの彼女を手元から離《はな》すのが不安であっても、連れて行くのは危険すぎる。けれどもあんなに幼い彼女を一人《ひとり》で置いておいて良いものだろうか。

「ここに置いていけば良いじゃない」

デイルの悩《なや》みをあっさり断ち切ってリタが言う。

「子守代は、今月の家賃に上乗せしておくわ」

「……いいのか？」

「ほかに方法はないでしょ？　今回はね。次からはあんた自身で子守を探しなさいよ」

となると、次のデイルの課題は、ラティナにそのことを言い含めることだった。


昼寝から目を覚ましたラティナの第一声は、

「デイル？」

という泣きそうな声だった。保護者冥利《みょうり》に尽《つ》きる。

「ここにいるぞ」

聞こえてきた彼の声に、明らかに彼女はほっとした様子になる。

椅子から降りると、カウンターで書類を書いていたデイルの傍《そば》にとてとてとてと寄ってきた。

ちいさな手でぎゅっとデイルの服を掴み、彼を見上げると、不安そうな顔が和《やわ》らいだ。

「ヤバいリタ。俺《おれ》、ラティナのこと置いてけねぇ！」

「馬鹿なこと言うんじゃないわよ。危ないでしょ！」

「大丈夫だ。依頼人は見捨てても、ラティナは守りきる」

リタの顔に、「こいつ駄目かもしれない」と書いてある。

「デイル？」

「ラティナ……うわぁー……、やっぱ嫌だ。依頼料より、ラティナを取るのも一つの選択《せんたく》かもしれない……っ」

「馬鹿。そろそろ、またいつもの『仕事』で、遠出する必要もあるんでしょう。その前に留守番させるくらいの気概《きがい》がないなら、初めからあんたが育てるなんて無理な話よ」

リタの言葉は正論だ。

彼の仕事は危険で、幼子と共に行くことが出来るようなものではない。

一人で留守番させる時間は、どうしても長くなるだろう。

リタとケニスもいるし、食事などの心配はいらない。あの森の中に一人でいた時とは、比べ物にならないほど安全で快適なはずだ。

きっと大丈夫、だろう。

だが、それが平気かどうかは全く別の話で。

ラティナに寂《さび》しい思いをさせることは、初めからわかっていたはずのことだったのだが。

「う……」

一人にするのが嫌だと言って、今更《いまさら》ラティナを孤児院《こじいん》に預けるという選択はデイルにはない。

これは乗り越えなければならないことで、それが予想よりも早く訪れただけのこと。わかってはいるのだ。

「なんて……過酷《かこく》な試練だ……っ」

そう思わず呟いたら。

リタの顔に、「ああ。こいつ駄目だ」と、書かれていた。

結論として、ラティナは素直に聞き分けた。

拙《つたな》いデイルの言葉を、ラティナは真面目《まじめ》な顔でじっと静かに聞くと、ぎゅっと眉を寄せて、こみあげる感情を飲み込むようにして、耐《た》えることを決めたようだった。

「だいじょうぶ」

と、コクリと頷いて答えてみせる。

見ていた周囲の大人たちが、内心で唱和する。

いじらしい。なにこの子、いじらしすぎる……っ――と。

中でも顕著《けんちょ》な反応を示したのは、昨日までの自分を見失いかけている彼であった。

「ごめんな、ごめんなっ！　ラティナっ！」

思わず、ぎゅう――っと、抱きしめた。ラティナが驚いた顔をする。

「デイル？　ラティナ、だいじょうぶ」

更《さら》にそう言ってくる幼子は、ある意味ではよっぽどデイルよりも大人びている。

そんなに早く、大人にならなくても良いはずなのに。

完全に甘やかす気満々となったデイルは、抱き上げたまま部屋へラティナを連れていく。

部屋には、先程《さきほど》買い込んできた荷物が積まれている。ラティナが眠っている間に運んでおいたものだ。

彼女の前で買ってきたものを片付けていく。

ひとつひとつこれは何だと声に出しながら片付けていくのは、言葉を教えるためでもある。

下着と服は、大振《おおぶ》りなカゴに入れ、小物類はやや小さなカゴに入れた。ベッドの奥、屋根の傾斜《けいしゃ》でデッドスペースとなっていた場所に並べる。ちいさなラティナでも手が届くようにと考えた配置だ。

絵本も数冊買ってきたので、棚の下の方に入れた。

ラティナは、デイルが片付ける様子をじっと見ていた。

デイルが買ってきた物が、自分のための物であることは理解しているようだった。

一通り片付けを終えたデイルは、自分の膝《ひざ》の上にラティナを座《すわ》らせると、買ってきた絵本のうちの一冊を開いた。

これは、幼い子どもに文字を教えるための本だ。

彩色画の挿絵《さしえ》にそれの名前が併記《へいき》してあるという、高価なつくりの本だが、内容は非常に平易だ。

ラティナの様子を見るに、彼女にとっては簡単すぎる内容だろうとは思う。

だが、文字と言葉を教える教本として使おうと買い求めてきたのだった。

デイルはゆっくりと絵本を読み上げていった。

彼女は、まばたきをするのさえ惜《お》しむように、前のめりで絵本に集中していた。

やはりこの子は、年齢《ねんれい》に見合わぬ程《ほど》に大人びた反応をする。

「デイル、〝＊＊、＊＊＊＊＊？〟」

「ん？　ああ。そうだよ」

たまに絵を指さして、疑問を口にする。

最後まで読み終えて、ラティナの様子を見れば、彼女もこの本の役割を理解しているようだった。

自分から最初の頁《ページ》を開いて、デイルを促《うなが》すように見上げた。

彼が一言ずつ区切って読み上げると、後に続いて真似をする。

「犬、猫《ねこ》、馬」

「いにゅ、にぇきょ、うみゃ」

非常に真剣《しんけん》な表情と、舌足らず過ぎるのが可愛《かわい》すぎて、訂正《ていせい》しそこねた。

その後も絵本に夢中になるラティナを愛《め》でていたが、窓から斜陽《しゃよう》がさしてきたことで、時間が経っていることに気がついた。完全に日が沈《しず》む時間になる前にラティナを風呂《ふろ》へと連れていく。

幼い子どもがどんな病気にかかるのかは、新米保護者にはわかりかねる問題だが、清潔にしておく方が良いだろうとの判断だ。

まだ湯屋に連れて行くのには不安もあるので、しばらくは『虎猫亭』の風呂を使うことにする。代わりに掃除《そうじ》をするように仰《おお》せつかった。

「いくらしっかりしていても、子どもを一人でお風呂場に置いちゃ絶対駄目《だめ》だからね！　子どもってのは溺《おぼ》れる事故が多いんだから！」

とは、リタの言葉だ。

だが、今日《きょう》もラティナは、服を脱がせたら不本意そうな顔をした。

この子が今現在、デイルに不機嫌《ふきげん》そうな顔をするのはこの時だけだ。入浴自体は嫌がっていないようなのだが、何がそんなに気に入らないのだろう。

デイルは両手で泡《あわ》をすくって遊ぶラティナを見ながら、そんなことを考えていた。

入浴と夕食を終えた後、再びうつらうつらとしはじめたラティナを抱き上げて部屋に戻り、ベッドに入れる。今日は昨日の反省も活《い》かして、トイレにもちゃんと行かせておいた。

「……おやすみ、ラティナ」

髪《かみ》を撫でながらそう囁くと、ラティナは、

「おやしゅみ……デイル」

寝ぼけ半分で彼《かれ》の言葉を繰《く》り返《かえ》した。

抱きしめたくなる衝動《しょうどう》は、ラティナを起こしてしまうので自重した。

穏やかなぬくもりを腕の中に感じる夜は過ぎ、日は昇《のぼ》り、夜が明ける。

朝が来るのが、こんなにも、こんなにもっ、つらいことだとは、思わなかった。

そう、うちひしがれているデイルを、リタが心底呆れた顔で見ていた。

「いいから、いい加減早く行きなさいよ」

「ラティナ、出来るだけ早く帰って来るからな。良い子にしてるんだぞ」

ほとんど言葉が通じていないということを承知の上でも、言わずにはいられない。デイルは『虎猫亭』の前でリタと並んで立つラティナを抱《だ》きしめながら言った。

これ以上こうしているとリタに蹴り出されそうな殺気を感じたので、しぶしぶ体を離した。顔を覗《のぞ》き込《こ》みながら頭を撫《な》でる。

「行ってきます」

ラティナはデイルの言葉に首を傾《かし》げる。そこにリタが声を掛けた。

「行ってらっしゃい、よ。ラティナ」

自分の名前を聞いて、ラティナがリタを見る。

「行ってらっしゃい」

リタが繰り返すのを聞くと、デイルに向かいたどたどしく真似をした。

「デイル、いってらっちゃい？」

「ああ。行ってきます」

デイルが微笑むのを見て、ラティナも笑顔《えがお》を浮《う》かべた。

†

朝の『踊る虎猫亭』は慌ただしい。

宿泊している冒険者《ぼうけんしゃ》が食事をとる横で、新しく貼り出された依頼《いらい》のビラを確認しにやってきた者の姿もある。

依頼を持ち込む街の人が来るのはもう少し遅い時間が多いが、即日対応を希望する急ぎの依頼も少なくはない。そんな依頼人への対応も必要だ。

仕事に出る冒険者の中には、この時間に出立する者もいて、そんな人間はだいたい消耗《しょうもう》品《ひん》を購入《こうにゅう》していく。

猫の手も借りたいほどに忙《いそが》しいのだった。

酒場——とはいえこの時間帯は、食堂としての側面が強い。——を、回しているのはケニス。リタは時折フロアに出るが、主には『緑の神出張所《アクダル》』の仕事と精算に追われている。

そんな慌ただしい店の様子を、ラティナは興味深そうに見ていた。

「おっと……危ないぞ?」

両手に二枚ずつ皿を持ったケニスが、足元にいたラティナに驚《おどろ》きつつ声を掛《か》ける。

ラティナはこてん。と首を傾げた。

今日の彼女《かのじょ》は昨日買ってもらったばかりのピンクのワンピース姿だ。リタに結い上げてもらった髪は、頭の左右で大きなピンクの飾り紐《リボン》と共に揺《ゆ》れている。デイルが張り切って髪飾《かみかざ》りも買い込んできたために、毎日日替わりで使えるほどに種類があるのだった。

ラティナは、ケニスが料理を運び、空になった皿を下げ、注文をさばいていく様子を視線で追っていた。

リタはだいたいカウンターの内側にいるので、言葉のわからない彼女には、何をやっているのか今ひとつ理解の範疇外《はんちゅうがい》なのだ。

その点、ケニスの行動は彼女にもわかりやすい。

これまでの間で、ケニスが食事を作ってくれていることをラティナはちゃんと見ていた。

今も忙しそうに彼女には何人前かもわからないような山盛りの食事を盛り付けている。

こくん。とひとつ頷くと、ラティナはとことこと店の中の喧騒《けんそう》に紛れて行った。

「……ん?」

ケニスが異変に気付いたのは、大量のマッシュポテトの皿の横に、出来上がったばかりの燻製肉《くんせいにく》入りスクランブルエッグを盛り付けようと、作業台に向き直った瞬間《しゅんかん》だった。

皿が増えていた。

洗い場の横、汚《よご》れた皿を積んでいる場所に、洗い物が増えているのだ。

はじめはリタがさげて来たのだと思った。彼女の仕事も忙しい時間だが、たまたま少し手が空いたのだろうと。

だが出来上がった料理を持って店へ出ると、リタは依頼者《いらいしゃ》の対応をしつつ、雑貨の販売《はんばい》をこなし、食事をしに来た客の精算までしている。

とてもじゃないが、この状況《じょうきょう》でフロアに出るのは無理だろう。

「お待ち」

一言声を掛けて馴染《なじ》みの髭面《ひげづら》——常連の古参の冒険者——のもとに料理を置くと、彼はポカンと口を開けていた。

「なんだ。馬鹿面《ばかづら》して」

「お前こそ。ずいぶんちっせえ給仕《きゅうじ》を雇《やと》ったもんだな」

常連が指をさす方向に視線を向けて、そこでようやくケニスも気付いた。

ラティナが皿を持って歩いていた。

ちいさな彼女には、皿一枚でもずいぶん重たい荷物であるらしい。両手でしっかりと持って厨房《ちゅうぼう》へと向かっていた。

しばらくすると再び店に戻《もど》り、キョロキョロと周囲を窺《うかが》う。空いた皿を見付けると、うん。と頷《うなず》きどこか使命感を感じる顔でテーブルへと向かった。

あまりにちいさなラティナの姿にぎょっとした客へ、彼女はにこりと笑いかけ、空いた皿をつかんだ。

少しよろけたラティナの姿に、そのテーブルの客以外からもはらはらした視線が向けられる。

無事に彼女が厨房に辿《たど》り着《つ》くと、厳《いか》つい男どもから、ほっとした空気がこぼれた。

「ラティナ?」

ケニスが呼び止めると、ラティナは足を止めて不安そうな顔で彼を見上げた。

「間違えた?」とその顔には書いてある。

ケニスは数瞬考えた。

ラティナはちゃんと客の様子を見て、空いた皿をさげている。

自分の能力を過信せず、出来る範囲《はんい》のことだけしている。

周囲に気を配り、周りの人間を避《よ》けている。

何せ、自分に気付かれずに動くということが出来るということは、自分がどう動いているかをちゃんと見ているということでもあるのだ。ラティナが周囲に気配りしている証拠《しょうこ》となるだろう。

ケニスは片手で簡単に掴めてしまえるほどの、ちいさな彼女の頭にその手をのせる。

わしわしわしわし。

「うん。まぁ、よし」

撫でたら、ラティナはケニスの手に振《ふ》り回《まわ》されて、少しくらくらしたようだった。

放っておいても、害はなし。

ケニスはそう判断を下した。むしろ多少なりとも片付けてくれるなら願ったりだ、と。

客の心臓に悪かろうと、知ったことか。

朝のピークを過ぎた後、ケニスは『冷蔵庫』から昨夜仕込んでおいた器を取り出した。

「ラティナ」

呼べば、彼女は素直《すなお》に近づいて来たので、厨房のテーブルの前に座らせる。

器を彼女が見ている前でひっくり返した。ぷるん。と中身が滑《すべ》り落《お》ちる。

ラティナの目が丸くなった。

コンポートの残りを刻んで入れて、煮汁《にじる》を固めたゼリーが今日のおやつだ。ラティナに匙《さじ》を握《にぎ》らせる。

洗い物をしながら様子を見れば、ラティナは匙の先でゼリーをつついて、ぷるぷる震《ふる》える感触《かんしょく》を楽しんでいた。

昼近くなると『虎猫亭』の客足は途絶《とだ》える。

主な客層である冒険者たちは仕事に出ている時間であり、酒場の営業も一時中断する。この時間帯は『緑の神出張所《アクダル》』としての業務だけを受け付けているのだ。

「リタ、仕入れに行ってくる」

「行ってらっしゃい」

ケニスが店の中のリタに声を掛ければ、普段《ふだん》よりも丁寧《ていねい》なリタの返答が戻って来る。いったいどうしたものかと疑問に思う暇《ひま》もなく、

「いってらっちゃい」

カウンターの隅《すみ》で大人しく絵本を広げていたラティナが、ケニスを見上げてにこりと笑った。

「……やっぱり、子どもってのは良いな、リタ。三人くらいどうだ？」

「まずは最初の一人からでしょう」

本当に馬鹿《ばか》なんだから。というリタの顔も満更《まんざら》ではなさそうだった。

ケニスが仕入れから戻ると、ラティナがとことこと近づいてきた。

後ろでリタがニヤニヤと見ている。

「おきゃーりなちゃい」

そう言うと、ラティナはちゃんとできた？　とばかりにリタを振り返る。

「……」

ケニスは、普段の仕入れでは買ってこない様々な果物《くだもの》を、作業台の上にゴロゴロと転がした。

さて、何を作るかと腕を捲《まく》る彼の口元も、だらしないほどに緩《ゆる》んでいる。

あまりデイル《ひと》のことは言えない。

それにしても本当に、ラティナは手のかからない子どもだった。

昼時に彼女に出した、チーズを挟《はさ》んだ小さなサンドイッチも行儀よくもぐもぐと食べ、空になった皿は自分で洗い場まで運んでいた。

それ以外の時も、一人で絵本を広げていたり、リタやケニスのすることを見ていたりする。

決して邪魔《じゃま》になるような行動は取らず、自分がいても良い場所を見極《みきわ》めている気配がする。

デイルに聞いた話だと、魔獣の生息地で、自分で食べ物を探し生き抜いていたらしい。こんなちいさな子どもが経験するには過酷過ぎる状況であり、非常にたくましく、運の良い行動だったと言える。

だがそれも、いつまで続けることができたかはわからない。

痩《や》せ細《ほそ》った体を見てもわかるように、デイルに見つけられていなければ、そう遠くないうちに衰弱《すいじゃく》しきって、獣《けもの》の胃に納められていたことだろう。

その為なのだろうか。周囲に気を遣いすぎなような気もする。

ケニスが見ている先でコクリコクリと舟《ふね》を漕《こ》ぎはじめたラティナは、ふらふらと階段の方へと向かっていた。

部屋に戻らせるとしても、その状態で一人で屋根裏に向かわせるのは、流石《さすが》に危ない。

ケニスは自分の視界の範囲内《はんいない》にある、厨房に隣接《りんせつ》する食材倉庫の一角の木箱を並《なら》び替《か》えた。よろよろと進んでいるラティナを追い越して二階の自室に向かう。布やマットを取って戻ると、木箱の上に敷《し》いて即席の昼寝用ベッドを整えた。

階段の一番下で、睡魔《すいま》と闘《たたか》いながらよじ登ろうと奮闘《ふんとう》している彼女を、そこをぽんぽんと叩《たた》いて示しながら呼ぶ。

「ラティナ」

振り返った彼女は、半分目が閉じていた。

ケニスが苦笑《くしょう》しながら、ラティナを木箱の上に抱き上げて寝かせると、相当限界であったらしく、あっというまに健《すこ》やかな寝息が聞こえ始めた。

†

——ぱちりと目を開けたラティナは、キョロキョロと周囲を見回した。


「デイル？」

自分を、あの森の中から連れ出してくれた人の名を呼ぶ。

たった一人ぼっちで在った自分を見付けてくれたひと。

安全な場所と、安全な食事を自分にくれたひと。

自分に、ひとのぬくもりを思い出させてくれたひと。

自分にとって、『安心して良いということの象徴《しょうちょう》』であるひとの名を呼んだ。

「ラティナ、起きたか？」

デイルとは異なる男の声に、ラティナは混乱した。咄嗟《とっさ》に、逃げ出さなければならないと、全身に力を込める。

だがそこで、ふわりと漂《ただよ》ってきた甘《あま》い匂《にお》いに気付いた。

ぱちぱちとまばたきして、ラティナは自分のいる場所を思い出した。

†

昼寝から覚めたラティナの第一声はデイルを呼ぶ声であり、それでケニスは彼女の起《き》床《しょう》に気付いた。

小鍋《こなべ》をかき混ぜながら様子を見れば、怯《おび》えきった小動物が警戒《けいかい》しているように、周囲を窺っている。

ケニスが声をかけると、更に警戒を強めたらしい。

だが、急に動くのではなく、状況を判断したのち、すぐに行動に移れるように力をためている。

この子は本当に賢《かしこ》いらしい。と、ケニスは感心する。駆け出しの冒険者を名乗る血の気の多い輩《やから》より、よっぽど冷静で的確な判断だ。

寝起きで自分の状況を見失うくらいは、この幼さでは仕方のないことだろう。

ケニスは小鍋を火から下ろすと、ラティナの方に向けた。

とろりと、良い具合に煮崩《にくず》れたベリーが、甘い匂いを漂わせている。

ケニスの計算通りに、その匂いに気付いたラティナの全身から力が抜ける。木箱から「よいしょ」という仕草で降りると、とてとてとケニスの傍に寄ってきた。

差し出された小鍋の中を覗き込むラティナには、先程までの毛を逆立てた小動物のような気配はない。年相応の幼い少女の顔だ。

ラティナの興味を惹《ひ》いた後で、ケニスは薄《うす》く切ったパンの上に出来立てのジャムをのせる。たっぷりとのせてやりたいところだが、そうすれば火傷《やけど》は必須《ひっす》だ。すぐに冷める程度で味見には十分な量を見極める。

ラティナに渡《わた》すと、彼女は確認《かくにん》するようにケニスのことを見た。

おそるおそるといった様子でパンにかじりつく。

ぱあぁっと、表情が輝《かがや》いた。

夢中になって食べているうちに、ジャムがとろっと流れていく。咄嗟に受け止めた手のひらをぺろりと舐《な》めて、はっとしたようにケニスを見た。彼が咎《とが》めていないどころか、笑っている様子に、ラティナも笑顔を返した。

ケニスが瓶《びん》に入れたジャムを、ラティナはしばらく飽《あ》きもせずに眺《なが》めていた。作り手としては、本当に作るかいのある相手だ。

日が傾き始めると、ぼちぼちと冒険者連中は街に戻ってくる。

『踊《おど》る虎猫亭《とらねこてい》』が再び忙しくなる時間だ。

『虎猫亭』に来る客の全《すべ》てが宿泊客《しゆくはくきやく》という訳ではない。酒と食事を目的に来店する者の方が圧倒的《あっとうてき》に多いのだ。

冒険者以外にも、仕事帰りの街の門番や憲兵などの姿もある。

気取らず、安い料金で飲み食い出来る店として、厳つい野郎《やろう》どもが集まる店だ。

この時間になると、『緑の神出張所《アクダル》』としての業務は閉じられる。リタがフロアを専門に回し、夫婦《ふうふ》二人《ふたり》でなんとかこの喧騒を凌《しの》いでいる。

カウンターの隅の席で、夕食を食べているラティナも、そんな賑《にぎ》やかな店の様子に意識を奪《うば》われていた。

ガハハと大笑《たいしよう》した客の姿に、口に運びかけていたニョッキがぽとりと落ちた。

そのことにも気付かずに、丸くなった目で、じーっと観察を始めていた。

はじめて遭遇した生き物を見るような眼《め》だなとケニスは思ったが、口には出さないでおくことにした。

そんなラティナの瞼《まぶた》が重くなり始めた頃《ころ》、『踊る虎猫亭』の扉が開いた。

「あら、デイル」

リタの声に、ラティナの目がぱちりと開く。

ぴょんと椅子《いす》を飛び下りると、ととと、と急いで出迎《でむか》えに走った。

「ラティナ、ただい……」

言いかけたデイルの足に、ぎゅう――っと抱きつく。

「ラティナ……」

やはり心細い思いをさせたかと、眉《まゆ》を寄せたデイルは、

「おきゃーりなちゃい」

顔を上げたラティナのその言葉に、抱き上げようと中腰《ちゅうごし》になった中途半端《ちゅうとはんぱ》な姿勢で硬直《こうちょく》した。

リタとケニスがニヤニヤしている。

自然ににやける表情を抑《おさ》えることもせず、再起動したデイルはラティナを抱き上げた。

「ただいま、ラティナ。留守番出来て偉《えら》いな」

笑いかけてから、ぎゅっと力を入れれば、彼女は満面の笑みになった。

周囲の常連客たちはデイルとも顔馴染《かおなじ》みだ。彼の締まらない顔に、容赦《ようしゃ》のない冷やかしの言葉が飛んでくる。

「なんだ、デイル。ずいぶん小さな彼女だなあ」

「うっせぇ」

邪険《じゃけん》にあしらいながら、ラティナを抱いたまま椅子に座る。

リタが食事を運んで来る時に問いかけた。

「ラティナ、飯は？」

「とっくに食べさせたわよ。さっきまで眠《ねむ》そうにしていたぐらいだもの」

その当人は、デイルの膝の上で、ふにゃらと幸せそうな安心しきった笑顔を浮かべていた。見ている方まで、微笑《ほほえ》ましくなる。そんな表情だった。

「……どうだった。ラティナ、大人《おとな》しくしてたか？」

「大人しすぎるくらいよ。この子凄《すご》く頭が良いわ。自分の置かれている状況も、どういう行動をとるべきなのかも、ちゃんとわかっているもの」

デイルの前のゴブレットに、ワインをドブドブと乱暴に注ぎながらリタが言う。

彼は普段、酒は薄めてアルコール度数を低くしたワインしか飲まない。リタもわざわざ聞くこともせずに、決まったそれを彼の前に出している。

彼が飲めない訳でも嫌《きら》いであるためでもなく、単に泥酔《でいすい》することを嫌っていることもまた、この店ではよく知られている。

以前彼のその様子を見て、子どもと侮《あなど》ってきた一見《いちげん》の客を、デイルが片手で捻《ひね》りあげた出来事は、この店ではいい酒の肴《さかな》になっていた。

ラティナは仔猫《こねこ》が甘えるように、デイルの胸にすりすりと頬《ほお》を寄せている。時折視線が合うと、にぱぁと、嬉《うれ》しそうに微笑んだ。

今までで一番甘えてくれているかもしれない。

（罪悪感より、ちょっと嬉しいかも……）

寂しい思いをさせたからこそ、反動で甘えてくれるというのであれば、留守番をさせるのも悪くないかもしれない。

どうしようもなく、ちいさな彼女に愛《いと》おしさを感じながら、デイルはそんなことを考えていた。

†

彼女が非常に賢い質《たち》であることは、一週間もしないうちに実証された。

ラティナは日常会話程度なら、支障なくこなせるようになっていたのだ。

そしてその頃のデイルは、一つの悩みを抱《かか》えることとなっていた。

ラティナがケニスになついたのだ。

ぶっすぅ――――っと、不機嫌そうな顔を隠《かく》そうともしないデイルの前では、親鳥の後をついていく雛《ひな》のように、ケニスの後ろをラティナがとてとてと追いかけている。

デイルが買った覚えのないエプロンをワンピースの上に着けたラティナは、エプロンと同じ布で出来た三角巾《さんかくきん》も着けていた。

幼子の『お手伝い』ルックであった。

ケニスが店の掃除をしている横で、ラティナは精一杯腕《せいいっぱいうで》を伸《の》ばして卓《たく》を拭《ふ》いている。

（まるで……親子みてぇだよな。ケニスと並ぶとさ……）

元々、デイルはケニスを警戒していたのだ。

（はじめっから、ラティナ、ケニスに胃袋掴《いぶくろつか》まれてたし！）

悩みというよりも、単純な嫉妬《しっと》である。

「おそうじ、おわり？」

「ああ。そうだな」

掃除用具を片づけるケニスに確認してから、ラティナは厨房に行き、台に登って布巾《ふきん》を洗う。力が弱い彼女では上手《うま》く絞《しぼ》ることが出来ないために、そのまま洗い場に置いておく。

その彼女専用の台をずるずると引《ひ》き摺《ず》って移動する。

いつもの『定位置』に据《す》えると、台にちょこんと座った。これもまた厨房にいつの間にか用意されていた、彼女用のペティナイフをちいさな手でしっかりと握り、たどたどしい手つきで野菜の皮を剥《む》いていく。

ペース自体は『手伝う』というよりも、『手間を掛けている』といった具合なのだが、ケニスは邪険にすることもなく、その隣《となり》に座り、自身もまた黙々《もくもく》と皮むき作業に入った。

——教えたばかりなのに、拙いながらも一人でちゃんとやれているのは、充分《じゅうぶん》評価できる状況だ。

とは、ケニスの談で、彼はどっしりと見守っているスタンスを崩《くず》さない。ハラハラしながら、思わず手を出してしまいそうになるのを、自重するのが精一杯なデイルとは、立ち位置に大きな差がある。

「そんな気になるなら、いっそ見てなければいいのに」

「ラティナの成長を見逃《みのが》しちまうじゃねぇか」

この男、いっそすがすがしい程に、言い切ってしまった。

リタは書類整理をしながら、顔に生温かい表情をはりつける。

皮むきを終えたら、ラティナは休憩時間と決めているらしい。

食料倉庫の片隅《かたすみ》に置いたままにしている絵本を取って来ると、店にいるデイルの所にやってきた。

絵本は二冊ある。

一冊は初めから彼女が言葉を覚えるために使っている絵本で、もう一冊は物語となっている、それよりもかなり難しい絵本だった。

「デイル、ごほん、よむ」

「ああ」

デイルとしては、ラティナに読み聞かせをするために選んだ本だったので、彼女が自分で読むには難しいだろうと考えていた。けれどもラティナはこの短期間で、つかえつかえではあるものの、一人で読むことが出来るまでになっていた。

普段は静かに黙読《もくどく》しているのだが、デイルがいるときは声を出して読み上げることで、添削《てんさく》をしてもらいたい意図があるらしい。自分の成果を報告できることも嬉しいようだ。

最後まで読み終え、デイルの合格をもらうと、次にラティナはもう一冊の絵本と帳面を広げる。帳面にはみっちりと幼さの残る拙い文字が書き綴《か》《つづ》られていた。

「これもリタとかが、こうしろって言ったわけでもなく、自分から勉強しだしたんだろ?」

ムッ

「そうね。ラティナが紙が欲《ほ》しいって言い出した時は、お絵かきでもするのかって思ったんだけど。まさか文字の練習を始めるとは思わなかったわ」

「黄の神《アスファル》の神殿《しんでん》がやっている学舎でも、まだラティナくらいの歳《とし》の子はいねぇだろ?」

「うん。……でも、この子初めからペンの持ち方は知っていたのよね。ナイフの持ち方はケニスがいちから教えていたけど、ペンは誰《だれ》にも聞かなくてもちゃんと使えていたのよ。この子、結構いいところで育っていたんじゃないのかしら」

ラティナは会話ができるようになっても、自分のことをあまり話そうとはしなかった。

話したのは、本当に最低限の事のみだ。

やはり、森の中にあった遺体は父親のものであったこと。角を折られた後、父親と共に生まれ故郷を出たこと。彼女が生まれたところは、魔人族だけの集落であったこと。——その程度だけであった。

この子の賢さから考えれば、もっと様々なことを知っていてもおかしくはない。

恐《おそ》らくこの子は『角を折られる』ことの意味も知っているのだろう。詳《くわ》しく自分の事情を話せば、郷里のように追い出されてしまうかもしれないと不安に思っているのかもしれない。

デイル自身は、ラティナが話してくれるなら聞きたいとは思っているが、無理に聞き出すつもりはない。

この短い時間を共に過ごしただけでも、この幼子が罪人と呼ばれるような邪悪《じゃあく》な存在であるとは思えない。ならば『罪』とは、彼女自身の人格とは関係なく与《あた》えられたものなのだろう。

それが政治的なものなのか、宗教的なものなのかまではわからないが、理不尽《りふじん》なことであるのは間違いない。

だからこそ、この子の父親は、共に郷里を離《はな》れることを選んだのだろうから。

「デイル、どうしたの？」

そんなことを考えていたら、難しい顔になっていたらしい。いつの間にかラティナが、こてん。と首を傾げてデイルを見上げていた。

「ん？　なんでもねぇよ。ラティナ言葉上手くなったな」

そう言って頭を撫でると、彼女は本当に嬉しそうに笑う。

「おはなしできてうれしい。がんばった」

「そうか」

彼女の笑顔を見ていると、つられてデイルも柔《やわ》らかい表情になる。

デイルも、ラティナと暮らすようになってから、自分がよく笑うことが出来るようになったことに気付いていた。

リタやケニスと馬鹿な話をして笑うことはあった。だが、こんな穏《おだ》やかな微笑みなんてものを浮かべる時間なんてなかった。

ラティナが来てからの明らかな変化だった。

昼食、昼寝《ひるね》、おやつといった時間の合間は、ラティナは自由時間として過ごしている。彼女はデイルが外出していない日は彼の近くで遊んでいる。

たまに店の入り口から外を眺めていたりするが、今まで勝手に出て行ったことはない。保護者同伴で近所の散歩に出かけることはあるが、まだ街の地理を覚えていないということもあるのだろう。

だが、ケニスが夜の仕込みを本格的に始める時間になると、またラティナは厨房に行き、ケニスの後をついて回る。

デイルはその様子を見に行っては、「頑張《がんば》っている」とでも言いたげな彼女の至極真面目《しごくまじめ》な顔に、何も言えなくなってすごすごと戻るというのを繰り返している。

今は、真剣な顔で大量の芋《いも》をマッシュするという任務に挑《いど》んでいた。

「少しは落ち着きなさいよ」

リタがエールのジョッキを運びながら言う。

『踊る虎猫亭』は基本的には、注文の品と引き換えに精算するかたちになる。踏《ふ》み倒《たお》しを防ぐためだ。ただ、常連客はその例に当てはまらず、最後に精算することも認められている。

デイルに至っては、よっぽどでなければ家賃と合算だった。

リタのエプロンから小銭《こぜに》の音が響《ひび》くのはそのためで、彼女は注文と精算を手際《てぎわ》よく捌《さば》いている。

因《ちな》みに朝の営業は、料金設定を一律化し入店と同時に精算という形態で、忙しい時間帯の効率を高めている。

リタのそんな言葉にも、デイルはぶすっとむくれて碌《ろく》な返答をしなかった。

そうこうしているうちに、厨房からお盆《ぼん》を持ったラティナが出てきた。重さに少々よろよろしている。

一瞬《いっしゅん》、店の喧騒が静まる。

この一週間でラティナは常連客に存在を認識《にんしき》されている。

ちまっこいのが、イタズラするわけでもなく、店内をちょろちょろしているのだ。嫌《いや》でも目に付く。そしてなんだかやたらと微笑ましいのだこの幼子は。

彼女は、慎重《しんちょう》に慎重にと、ゆっくり歩く。

ここ最近のラティナの最大の試練が、このデイルの夕食配膳なのだった。やりたそうにしたが、さすがに客の下へは運ばせる訳にはいかない。そのため矜持《きょうじ》を尊重し、練習も兼《か》ねての結果だった。

無事にデイルの下までお盆を運びきると、にぱぁっ。と、満面の笑みになった。

ミッションコンプリート的な笑顔である。

客席から、音にならない拍手《はくしゅ》が聞こえた気がした。二日前に途中《とちゅう》で転んだ時には、この世の終わりのような愕然《がくぜん》とした様子になったのだ。泣いてくれた方がまだ良いと思えるような落ち込みぶりであった。見守る方にも、自然に力が入る。

「デイル、ごはん、どうぞーっ」

デイルがお盆を受け取り、テーブルの上に上げる。それを見届けると、厨房に戻り今度は自分の分を運んで来る。量にだいぶ差があるために、彼女の足取りは明らかに軽い。

ちょこんとデイルの隣に座《すわ》ると、彼女は夕食を前に得意げな声を上げた。

「ラティナ、きょう、おいもつくったよ。デイルたべて」

「ああ。今日も頑張ったな、ラティナ」

山盛りのマッシュポテトを指さしてラティナが笑顔で報告するのを、デイルが褒《ほ》めるというのも、ここ数日の定番のやり取りだ。

この二人のやり取りの後に、ラティナの手伝ったメニューの売り上げがなんとなく上がるというのも、ここ最近の『踊る虎猫亭』の傾向《けいこう》であった。

今日も幸せそうに食事をするラティナの姿を、複数の調理を同時進行でこなす合間に確認しながら、ケニスはにやりと笑う。

ラティナは毎日一生懸命《いっしょうけんめい》だ。

いつかデイルのために食事を作りたい。彼女はその目標を掲《かか》げている。そして真剣《しんけん》に取り組むことを知っている。

ケニスは、ちゃんと努力する者が好きだ。

彼女は充分過ぎるほど頑張っている。そして、結果も出している。ケニスにとっては教えがいのある『弟子《でし》』だった。

デイルだけが知らない。

ラティナがこの店の中で、穏やかな表情で過ごすことが出来るのは、この店が『デイルが連れてきてくれた安心できる場所』だからなのだということを。

ラティナが無条件で安心しきった様子でいられるのは、『デイルが隣にいる』からだということを。

デイルがいない時のラティナは、そのちいさな体で必死に周囲に気を配り、威嚇《いかく》すらするときがあるということを、デイルだけが見ていない。

「互《たが》いに、少しぐらい依存《いそん》する相手がいるのも悪くはねえよな。デイル《あいつ》にとってもな」

デイルの兄貴分を自称《じしょう》し、それなりに信頼《しんらい》されていることを自覚している男は、鍋《なべ》の中身を盛り付けながらそんなことを呟《つぶや》いた。

3 ちいさな娘、少し『世界』が広がる。

ラティナはピンチであった。

「どおしよう……」

キョロキョロと、不安な顔で行き交う人々を見る。

今、彼女《かのじょ》がいるのは、彼女が普段暮らすクロイツの南区ではない。仕入れに出かけたケニスに付いて、東区までやって来たのだ。

ラティナが東区に来たのはこれで二回目だ。

一度目の時は、全く言葉もわからなかったので、周囲が気になっても、デイルから決して離れることはなかった。

結果としてそれが良かった。

今回は、つい周囲に気を取られてしまった。

立ち並ぶ商店は、それぞれに工夫《くふう》を凝《こ》らして道行く者の興味を惹いている。流通の要所であるクロイツは物資が豊富だ。ラティナが今まで見たこともない、使い方もわからない、様々な商品が溢《あふ》れている。

南区とは、雰囲気《ふんいき》が異なる街の様子に、意識を奪われた。

もともとラティナは好奇心《こうきしん》が強い。警戒心《けいかいしん》と注意力を、好奇心が上回ってしまうのも仕方ないとも言える。
そうしているうちに、気が付いた時にはケニスの姿を見失ってしまっていたのだ。
（ちゃんと、ケニスといるって、やくそくしたのに……デイル、おこるかな）
そう考えると、ただでさえ落ち込んでいた気持ちがますます萎《しぼ》んだ。
ラティナは途方《とほう》に暮れた顔で、どうすれば良いか考え込む。
だが、心細さが勝って、どうしたら良いかわからない。
帰れなかったら、どうしたら良いのだろう。
（もう、あえなかったら、どうしよう）
もう、ひとりぼっちは嫌だった。
こんなにたくさんの人がいるのに、どうしようもない孤独感に苛《さいな》まれる。
悪い方、悪い方へと思考が傾くのを止める事ができない。
（いやだよ……どおしよう、かえらなきゃ……かえらなきゃ……）
思考がそこでぐるぐると回る。
いくら賢いとはいえ、ラティナはまだ幼い子どもなのだ。
理屈《りくつ》ではなく、感情に振り回されるのは、当然の反応だった。
だが、それを今の彼女に伝えてやれる者はここにはいない。

迷ったならば、その場で待つべきだという判断がラティナの中になかったのは、彼女が『あの森』の中で、『誰かの助けを待つ』のではなく『自分自身でなんとかしなくてはならない』という環境《かんきょう》に在ったからかもしれない。

ラティナは見当を付けた方向に走り出した。

後、もう少しだけそこに留《とど》まっていれば、慌《あわ》てたケニスが戻って来たというのに。

なんとなくで幾《いく》つかの角を曲がったラティナは、本格的に見たことのない区画に入りこんでしまっていた。

「……ここ、どこ?」

彼女は知るよしもないが、東区の中でも職人街と呼ばれている区域で、住居と工房《こうぼう》を兼ねた家々が並んでいる。東区の表通りと比べて、下町らしさの色濃《いろこ》い地域だ。

その為《ため》入り組んだ路地も多く、そこの住人以外の人間には、迷路《めいろ》のように感じられるかもしれない。

ラティナにとってもそうであり、振《ふ》り返《かえ》っても、もう何処《どこ》からここまで来たのかもわからない。

「……どおしよう」

ラティナが途方に暮れて呟いた時だった。

「何だ、お前？」

背後からかけられた声に、ビクッと飛び上がる。

ラティナが振り返ると、そこには数人の少年が佇《たたず》んでいた。見知らぬ少女の姿に、眉をひそめている。

「お前、どこの子だよ、見たことないやつだな」

「……っ」

少年の中で一番体の大きな子が、ずいっと近づきながらラティナに言う。彼女は何と答えて良いかわからなくて、少年から距離《きょり》をとろうと後退《あとずさ》りした。その彼女の様子に、彼《かれ》はますます不審《ふしん》そうな顔をする。

「見たことのない髪《かみ》の色だな、きぞくの子か？」

「ちがうよ、ルディ。きぞくの子だったら、ドレス、着てるんだよ」

「そうだね。でも、珍《めずら》しい色だ。金でも銀でもないみたい」

ルディと呼ばれた大柄《おおがら》な子の隣にいた丸顔のおっとりした少年と、後ろにいた茶色の髪の少年が口々に言う。

「こんな子が引っ越して来たら、うわさにならないはずはないし」

「じゃあお前、よそ者か⁉」

ルディの強い口調に、ラティナは再びビクリと体を跳ね返らせた。

（なんで、おこってるの？）

（ラティナ……なんか、へんなの？）

（どおしよう……なんで、おこってるのか、わかんない）

「ダメだよルディ、この子、泣いちゃうよ」

「こっちが聞いてるのに、だまっているのは、そいつだろ！」

丸顔の少年が止めようとするものの、ルディはずかずかとラティナに近づいてきた。完全にパニックとなったラティナは、顔色を青くしたまま逃げようとした。

「なんで逃げるんだよ！　あやしいぞ！」

「っ！　〝＊＊！　＊＊＊！〟」

けれども体格の差が大きいこともあり、ラティナはルディにすぐに回りこまれて捕《つか》まってしまった。腕《うで》を掴《つか》まれた瞬間《しゅんかん》にラティナから出た悲鳴に、少年たちがきょとんとする。

「なんて言ってるんだ？」

「異国の子かも……」

顔を見合わせて相談しあう少年たちから険は既《すで》に消え、戸惑《とまど》いだけが残っているのだが、パニック状態のラティナは気付かなかった。身を必死に捩《よじ》りながら声を上げる。

「〝＊＊、＊＊！　＊＊＊＊！〟」

「何やってるの！」

そのラティナの悲鳴に、近くの家から少年たちと同じ年の頃の少女が飛び出してきた。真《ま》っ青《さお》なラティナを見るや否《いな》や、少年たちのなかに飛び込んでいく。

「こんなちいさな子、いじめるなんてサイテーよ！」

「うわっ、やめろ、クロエっ！」

「ちがうよ、ごかいだよっ！」

素早《すばや》く距離を取った茶色の髪の少年以外の二人は、クロエと呼ばれた少女の鉄拳制裁の犠牲《ぎせい》になる。

ラティナが、パニックであったことも忘れて、ぽかんとしてしまうくらいにクロエという少女は凄かった。

助けてもらった立ち位置のラティナが、仲裁《ちゅうさい》に入ってしまうほどであったのだ。

「いたい？　……だいじょうぶ？」

「大丈夫よ！　つば、つけておけばなおるから！」

「クロエがそれ言っちゃうんだね」

クロエに殴《なぐ》られ蹴《け》られた少年二人、ルディとマルセル——丸顔の少年——の前でしゃがみ込んだラティナは、心配そうに顔を曇《くも》らせた。

「ラティナ、ちゃんとへんじできなかったから……ごめんなさい……」

「こわがらせた、ぼくたちがわるいから……」

マルセルがそう苦笑《くしょう》を浮《う》かべると、ラティナは更《さら》に申し訳ないような顔をした。そして彼の目の前にちいさな手のひらを向けると、キリッと表情を引き締める。唇《くちびる》を湿《しめ》らせてから丁寧《ていねい》に言葉を紡《つむ》ぐ。

「〝天なる光よ、我《わ》が名のもとに我が願い叶《かな》えよ、傷つきし者を治し癒《いや》し給《たま》え《癒光》〟」

ラティナの手のひらから溢れた柔らかな光に、周囲の子どもたちの目が丸くなる。

ラティナはルディにも同じように回復魔法を使う。その後、ぎゅうっと眉を寄せ、ぺたんと座り込んだ。

「大丈夫？」

「だいじょうぶ。すこし、つかれただけ」

ラティナはにこりと笑ってクロエに答える。それをきっかけに、少年たちは興奮した様子でラティナを取り囲んだ。

「すげぇっ！　まほうつかいだ！」

「こんなにちいさいのに、魔法使えるなんて本当にすごいね！　誰が教えてくれたの？」

「ぼく、はじめてまほう見たよ！」

その勢いにラティナが怯《おび》えた様子を見せると、クロエが一歩前に出てジロリと睨《にら》む。

ぴたりと少年たちの動きが止まると、ラティナはクロエの背中から顔を出した。

「すごい？　ラティナ、かんたんないやしのまほうひとつだけしか、つかえないよ？」

こてん。と首を傾《かし》げる彼女は心底不思議そうだった。

「まほうつかえるの、すごいの？」

「街の人で使える人はほとんどいないよ。神殿や領主さまのところで働いている人とか、大きな商会の人は別だけど。あとは冒険者《ぼうけんしゃ》の人かな」

茶色の髪の少年――アントニーがそう教えてくれたので、ラティナは成程《なるほど》と頷《うなず》く。

（デイルはぼおけんしゃ。だからまほうつかえるんだね）

そして、はたと思い出した。自分が迷子《まいご》であったことに。

「ラティナ、はぐれて……かえりみち、わからない……」

「どこから来たの、ラティナ？」

「みなみの……とらねこのおみせ……」

しょんぼりと答えるラティナに、子どもたちは顔を見合わせる。

「とらねこ？」

「みなみにお店って、そんなにないよね」

「あそこかな？　みどりのはたのあるところ」

「冒険者の店？」

その言葉に、ラティナの顔が明るくなる。

「うん。ぼおけんしゃ、たくさんおみせ、くるよ」

ラティナの返答を聞いて、再び子どもたちは互いに顔を見合わせる。

冒険者の店は、危険な仕事をしているよそ者が集まる危ないところだ。親たちは南区のそのあたりで遊ぶことを禁じている。

だが、これは人助けだ。

決して自分たちが行ってみたいだけではない。


——結局子どもというものは、大人が禁止するものほど、興味を持っているということなのだろう。

†

ラティナが東区の子どもたちと打ち解けていた少し前。

南区では。

「ラティナが迷子になったぁっ⁉」

『踊《おど》る虎猫亭《とらねこてい》』で、外にまで響き渡る悲鳴が上がっていた。

ケニスは、ラティナがいないことに気付くと、すぐに慌てて周囲を捜《さが》した。けれどもその姿を見付けることはできなかった。しかし、彼はこれから店に運ばれてくる食材などの業者の対応もしなくてはならない。ずっと捜している訳にはいかなかった。

東区の知り合い数人に彼女のことを頼《たの》み、急ぎ足で『虎猫亭』に帰ってきた。事の次第《しだい》を一番伝えなくてはならない、彼女の保護者のもとに。

「ああ。本当にすまない。商談の間、すこし目を離したら……」

ケニスもデイルも油断していたのだ。

ラティナはとても賢《かしこ》い子だ。

つい、このくらいならば大丈夫《だいじょうぶ》だろうと、無意識のうちに思っていたことは否定できない。

この子はしっかりしているから、ふらふらしたりはしないだろう。なんていうのは大人の勝手な言い分だ。

元来大人と子どもの視点は異なる。もとより見ている世界が違《ちが》うのだ。大人の考え方では子どもの行動は捉《とら》えきれない。

「いや、ああ。仕方ない。迷子になっちまったもんは、いまさらどうこうしても、なっちまったんだから、仕方ないっ。あぁぁあああぁ……こんなことなら、捜索系の魔法覚えておくんだったぁあぁあっ！　必要ないとか言ってた過去の俺《おれ》、ラティナに謝れっ、ごめんな、ごめんな。ごめんなぁあ……いや、そうだよ。今はラティナだ……どうする、どうするっ？　そうだ、い、依頼出《いらいだ》して街中の冒険者にラティナの捜索をっ！」

「とりあえず、捜しに行ったら？」

「それだっ！」

不謹慎《ふきんしん》だが、面白《おもしろ》いほどに動揺《どうよう》したデイルの様子に、周囲は逆に頭が冷える。混乱の極《きょく》致《ち》にいるデイルに、リタが一つの行動指針を与えると、彼は即座《そくざ》に店を飛び出して行った。

「ええと……リタ？」

「街には、ラティナの特徴《とくちょう》がデイルの後見と共に届けてあるし、門番にはウチの常連も多いから、連れ出そうなんて馬鹿《ばか》がいれば街壁で止められるわよ。あの子なら、迷子になっても自力で何とかする気もするんだけど、そうね……」

デイルを見送った後でケニスが妻を見ると、彼女は非常に冷静だった。

リタが冷静でいられるのも、ラティナが迷子になった場所が、東区の中でも治安が良い地域であるというのも大きい。

彼女は店の中で雑談に耽《ふけ》っていた数人の冒険者に顔を向ける。

「捜索に加わってくれるなら、今晩の酒代は無料よ。見付けてくれたら別に礼金を出すわ。見付からなくても一度セギの刻《日暮れ前》には戻ってきて。これでどうかしら？」

「まぁ、暇《ひま》つぶしにはなるな」

「デイル《あいつ》に恩売っとくのも悪くねえ」

リタの言葉に、常連客たちは口々に言いながら席を立つ。


ラティナは、常連客《かれら》たちにとっても、特別な存在になりつつあるのだ。


東区の子どもたちに囲まれて、ラティナが帰って来たのは、日暮れにはまだ間がある頃《ころ》だった。

「リタ！」

店の扉《とびら》をくぐって笑顔《えがお》になったラティナは、リタの方に駆《か》け寄《よ》ってきたが、はっとしたように立ち止まった。

「リタ、はぐれて、ごめんなさい……ケニスは？」

「心配してるわよ。顔、見せてあげて」

厨房《ちゅうぼう》を示してリタは言う。正直、ラティナが気になって仕事がまともに手に付かない夫の姿にはリタも辟易《へきえき》していたのだ。

急ぎ足で厨房に向かったラティナが顔を覗《のぞ》かせると、ケニスは手にしていた鍋を取り落とした。がしゃんと派手な音が周囲に響く。

「ケニス、ごめんなさい。……ラティナ、はぐれて、やくそくまもらなかった……」

しょんぼりした様子で素直《すなお》に謝《あやま》られては、自分に非のあることを知るケニスは叱《しか》ることなどとてもできない。

ただ、安堵《あんど》しながら、ちいさな彼女の頭を撫《な》でる。

「無事で良かった」

しゅんと消沈《しょうちん》しているラティナを、ケニスが抱《だ》き上《あ》げて店に行くと、そこにいた数人の子どもたちが彼を見上げた。普段《ふだん》、この店にいるはずのない者の存在に、ケニスも少し驚《おどろ》く。

「なんだ？」

「この子たちが、ここまでラティナを連れてきてくれたのよ」

子どもたちの中で唯一《ゆいいつ》の女の子と話していたリタが言う。

「それは礼をしなくちゃなんねえな……」

「友だちを助けるのはとうぜんのことだよ！」

ケニスの呟きに、女の子は不服そうに声をあげる。ラティナは小さく首を傾げていた。

「そう。ラティナの友だちになってくれたの。今日《きょう》はもう遅《おそ》くなるから……今度、ゆっくりラティナと遊んであげてね」

リタは普段は見せないニコニコとした優《やさ》しい笑顔を浮かべながら、ケニスがラティナのおやつ用に作り置きしているクッキーの瓶《びん》を開けた。手際よく、人数分の包みを作る。

「ラティナを連れてきてくれて、本当にありがとう」

膝《ひざ》を折って子どもたちに視線を合わせると、クッキーを礼の言葉と共に渡していく。大人であるリタから丁寧な扱《あつか》いを受けた子どもたちは、そわそわと落ち着かないような視線を交わし合ったが、まんざらではなさそうだった。

クロエたちが帰路につくのを、ラティナは店の入り口で手を振って見送った。

セギの刻が近づいて、常連客たちが『虎猫亭』に戻ってくると、ラティナはひとりひとりに頭を下げた。

「しんぱいかけて、ごめんなさい……」

「嬢《じょう》ちゃんが無事なら、問題ないさ」

「……さがしてくれて、ありがとう」

笑って手を振る常連客に、ラティナはもう一度ぺこん。と頭を下げた。

店に戻って来た当初は笑顔をみせていたラティナであったが、今はその背中だけ見ても、しょんぼりとしている事がわかる。

店の入り口まで行ったり来たりを繰り返しては、足元を見て落ち込んでいた。

事情を知る常連客だけでなく、知らない客たちも、いつもと様子の違うラティナの姿に、どことなく押《お》し黙《だま》って酒杯《しゅはい》を重ねていた。

デイルが帰って来たのは、そんなタイミングだった。

彼は汗《あせ》だくで、息を切らしながら店の扉を開けた。

「リタ！　あの後何か……」

情報に進展はないかと尋《たず》ねかけて、当の本人が自分を見上げていることに気付く。

「ラティナっ！」

喜色を浮かべて名を呼んだデイルへの彼女の返答は、大粒《おおつぶ》の涙《なみだ》だった。

「っ⁉」

慌てふためき、声も出せずに膝をついたデイルに、ラティナは更にぼろぼろと涙を零《こぼ》す。

「ラ、ラティナっ⁉」

「ごめ……ごめんなさい……っ、ごめんなさい……やくそく、まもらなかったの、ごめんなさい……っ」

しゃくりあげて訴《うった》えるのは謝罪の言葉だった。

「デイル、ラティナわるいから、おこる？」

「怒《おこ》らない、怒らないから……あぁっ、心配だっただけだから！」

泣きながらのラティナの言葉に、激しく首を横に振ったデイルであったが、それにラティナは更に言葉を続けた。違うのだと彼女も首を振る。

「おこられるの、いいの。ラティナがわるいからっ……でも、ラティナ、こわ、こわかったの。かえれないのかもって、こわかったの」

灰色の大きな眸《ひとみ》から、どんどんと涙が溢《あふ》れ出《で》る。

このちいさな子が泣くのを見るのは初めてだと、ほんの少しだけデイルに残された冷静な部分が呟いた。

「もう、ひとりになるの、やだよ、デイル。……ラティナ、おこられてもいいから、デイルといっしょにいたいよ……っ」

『踊る虎猫亭』まで無事に帰って来た後、ラティナなりに色々考えたらしい。

そのうち、迷子になった心細さや不安を思い出して、彼女はその大きな感情に振り回されてしまったのだろう。

謝らなくてはならないという、信念を通した後は、彼女はその不安感に流されてしまったのだ。

――ということは、後で冷静になったデイルが推測したことで。

今現在、混乱の極致にいるデイルに出来ることは、泣きじゃくるラティナを抱きしめることだけだった。

もう、泣くことが泣く理由となってしまっているのだろう。

ラティナはまともな言葉もなく、時折しゃくりあげるだけになっていた。

ひたすらに泣き続けるラティナを、デイルがあやし続けるという攻防《こうぼう》は、彼女が泣き疲《な》《つか》れたことで決着を迎《むか》えた。

精根尽《つ》きた表情で、転《うた》た寝《ね》に移行したラティナを抱きかかえているデイルに、周囲の客たちは底意地の悪い笑顔を向ける。

後年、『号泣及《ごうきゅうおよ》び狼狽事件《ろうばいじけん》』と称《しょう》される、この店の新たな酒の肴《さかな》が生まれた瞬間であった。

†

この日以降、ラティナは東区の子どもたちと遊ぶようになった。

南区のこの店は、通りに面しているということもあり、他の冒険者相手の店よりは健全な雰囲気を持っている。それでも子どもが遊んでいるような区画ではない。

それなのに最近デイルは、店の周辺で子どもの姿を見かけるようになり、疑問には思っていた。ケニスやリタ、ラティナの話を聞いてようやく納得《なっとく》していたのだ。

東区の子どもたちは、街に不案内なラティナを迎えに来て一緒《いっしょ》に遊び、帰りも送って来てくれているのだった。子どもたちも、南区のこのあたりは治安が良いというわけではないことを理解しているらしく、必ずグループで行動していた。

デイルも、ラティナを店の中だけに留めておく事が良いとは思っていなかったし、自分たちのような大人《おとな》としか接しない状況《じょうきょう》を懸念《けねん》してもいた。

東区の子どもたちの存在は渡りに船であった。

「友だちが出来て良かったな、ラティナ」

その為、何気なくそう口にしたのであったが、彼女の返答は、

「『ともだち』ってなあに？　デイル」

という、彼の予想外の物であった。

「え？　えぇーと……ラティナ友だちいなかったのか？」

「？　『ともだち』がよくわからないの。クロエもね、ラティナのこと、ともだちってているけど、ラティナわからないの」

こてん。と首を傾げているラティナにデイルは「むむむ……」と唸《うな》った。

屈託《くったく》がなく、後ろめたいような暗さが、ラティナには感じられないことから、彼女が郷里で酷《ひど》く迫害《はくがい》されてきたわけでは無いのであろうと、デイルは思っている。

だが、彼女は『片角』なのだ。『魔人族』にとっては最大の侮蔑対象となっていたかもしれない存在なのである。

どこに地雷《じらい》があるか、見当がつかない。

「……えっと……ラティナ、お前、歳《とし》の近い子どもと一緒に遊んだりしなかったのか？」

「いっしょにあそぶ？　かぞくのこと？」

「いや……家族じゃない。よその家の子どもと遊んだりしたことはなかったのか？」

デイルの言葉に、ラティナは再びこてん。と首を傾げた。

「ラティナ……まわり、かぞくとおとなだけだったよ」

その言葉に、『魔人族』は、長寿《ちょうじゅ》で出生率の低い種族であったことを思い出す。子どもの数自体が少ないのだろう。

「うーん……友だちっていうのは、一緒に遊んだり、お話ししたりする家族以外のひとのことだな。……だいたい、同じくらいの歳の奴《やつ》が多いかな」

自分自身やリタやケニスも『友だち認定《にんてい》』されてしまわないように、最後の言葉を付け加えた。

「そういうひとのうち、ラティナが好きになった奴の事かな」

そう言いきれないのが世の中なのだが、この素直な幼子には、そう思ったまま育ってもらいたい。デイルはそんなことを考える。

「クロエ、ラティナのこと、すきなの？」

「あんまり嫌《きら》いな奴とは、友だちになりたいとは思わないからな」

デイルの言葉をしばらく考えていた彼女は、ふにゃっと表情を緩《ゆる》めた。

「ラティナもクロエすきだよ。クロエ、ラティナのこと、ともだちっていってくれるの、うれしいな」

「そうか」

デイルは幸せそうな顔のラティナの頭を撫でながら、少し悩《なや》んだ。

先程《さきほど》の彼女の言葉の意味を聞くべきか、と。

そして、言葉を選んで口にする。

「……ラティナのまわりには、どんなひとがいたんだ?」

「ラティナわからない。どんなふうにいえば、あってるの?」

思い切って尋ねた言葉を疑問で返されて、デイルは自分の失策にようやく気付いた。

根本的にラティナには、『説明するための語句』が足りていないということに。

「えーと……家族。……兄弟なんかはいるのか?」

「きょーだい?」

「家族の中で、同じ親から生まれた子どもで……歳が上の男が兄、女が姉。歳下の男が弟、女を妹。そういうのを合わせて、兄弟っていうんだ」

「……ラティナ、あにやあね。おとうと、いもうといないよ。きょーだいいない」

デイルの説明を聞いてから、ラティナはそう答える。

「まわりにいた大人は、どんなひとだったんだ?」

「わかんない。ラティナ、あんまりほかのひととあわなかったし、おはなしもしなかったよ。かぞくといっしょのことおおかった」

そう答えるラティナの顔は少し沈《しず》んでいる。このあたりが潮時だろうか。

彼女にとって、楽しい記憶《きおく》という訳ではないのだろう。

デイルがそう判断して、話題を打ち切ろうとしたとき。

「だからいま、デイルといっぱいいっしょにいられて、ラティナうれしいの」

少し照れくさそうにこの幼子が口にした言葉は、痛恨の一撃《クリティカルヒット》であった。

にこぉっと、デイルに向けた笑顔は、大好きな甘《あま》いものを食べているときに負けない物であった。

「ラティナ、クロエすきだけど、デイルのこと、もっといっぱいすき」

「俺も大好きだからな、ラティナっ！　本当にお前は可愛《かわい》いなぁっ！」

がばっと抱きしめてデイルが言った言葉に、ラティナは本当に嬉《うれ》しそうな顔をした。

(これが、話を有耶無耶《うやむや》にする計算だったら末恐《すえおそ》ろしいけどっ。……ラティナみたいな悪女だったら、騙《だま》されても仕方がないっ！)

なんてことを考えてしまうデイルは、それはそれで大変幸せなのかもしれなかった。

4 青年、留守にする。その顛末。

「ラティナが可愛すぎて、仕事に行きたくない」

「また馬鹿言ってんの？」

デイルからひどく真剣《しんけん》な表情で切り出されたのは、いつも通りの台詞《せりふ》であったので、リタの方もまたいつも通りの投げやりな反応で返した。

「嫌《いや》だあぁああああああぁっ!! 日帰りで帰って来れねぇし、何泊《なんぱく》になるかも予測できねぇし！ ラティナと離《はな》れて、あんな伏魔殿《ふくまでん》の糞《くそ》じじぃどもの相手して、俺に何の癒しがあるっていうんだぁっ!!」

カウンターに突《つ》っ伏《ぷ》して、どんどんと拳《こぶし》で打ち鳴らす。足までバタバタと鳴らす姿は、たとえるまでもなく駄々《だだ》っ子《こ》そのものだ。それだけ彼にとってはストレス直結な状況であるのだろう。

「そんなに言うなら、ラティナも王都に連れて行ったら？」

「それはねぇ。ラティナをあんな奴らに預けたら、どんなことになるか……嫌な想像しかできねぇよ」

一瞬《いっしゅん》で素に戻ったデイルは、その後ぐったりとカウンターに項垂《うなだ》れた。

「わかっている……仕事だから仕方がない。ラティナが待っているって思えば、今までよりずっと張り合いもでる。……ラティナだって、友だちも出来たみたいだから、留守番の間も気が紛《まぎ》れるだろう。……だから、わかっているんだよっ！」

ぎゅうっと拳を握《にぎ》りこむ。込められた感情が大きいものであることが示されているように、関節が白く浮かぶ。

「それでも、嫌なもんは嫌なんだっ!!」

あ。やっぱりこいつ、駄目《だめ》だ。

きっぱりと宣言したデイルに、リタのどうしようもない何かを見るような眼《め》が向けられる。

「どうしようもないことがわかっているなら、王都でラティナが喜びそうなお土産《みやげ》でも買ってきてあげなさいよ」

目から鱗《うろこ》が落ちるとはこういった状態かという顔が、リタに向けられる。

「服とかは、サイズもあるし、すぐに着れなくなっちゃうから止めておきなさいよ。……そうね。あの子甘いものとか凄《すご》く好きなんだし、王都で有名なお店とか調べてみたら？」

「土産……土産か……」

彼が仕事のために王都に向かうのは頻繁《ひんぱん》にあることであった。そのために彼には、『土産を買う』という発想はなかった。たまにケニスに頼まれてクロイツでは入手が難しい品物の仕入れを代行する程度だ。

王都で人気の最新スイーツに、満面の笑みのラティナ。「ありがとう」のお礼も、可愛らしい声でちゃんと言ってくれるに違いない。間違いない。確定だろう。「デイルだいすき」も付けてくれるかもしれない。どうしよう。可愛すぎる。それだけで生きていけるかもしれない。

「俺、頑張《がんば》れるかもしれない」

「ああ。うん。はいはい」

もう、リタは仕事に戻っており、デイルに視線も向けなかった。

デイルが仕事で王都に向かう日の朝、ラティナは見送りのために起き出してきた。まだ薄《うす》く朝日が覗く程度で、普段の起床時間よりもかなり早い。

「無理しないで、寝てていいんだぞ?」

デイルの言葉に嫌々《いやいや》と首を振って、ラティナはもそもそと布団《ふとん》から這《は》い出《だ》す。

だが、かなり眠《ねむ》そうだ。階下に降りようとする姿など非常に危なっかしい。彼らの部屋である屋根裏から下に降りるところなど、梯子《はしご》になっているから尚更《なおさら》だ。

デイルは苦笑しながら彼女《かのじょ》を抱き上げる。

初めて会った時からさほど時は経《た》っていないのに、確実に重さを増した体に安堵を感じた。

コクリコクリと舟《ふね》を漕《こ》ぎかけては、気合で起き直すというのを繰り返しているラティナは、今も半ば夢の中だ。

「ごめんな、ラティナ……少しの間留守にするけど、頑張ってくれるか？」

彼の手のひらの感触《かんしょく》に、目を開けた彼女は、至《し》極《ごく》真《ま》面目《じめ》な顔に決意を表して受け答えした。

「がんばれる。ラティナ、リタとケニスのところちゃんといるよ。だからね、かえってきてね」

「ああ。土産持って帰って来るから。……気をつけて留守番しててくれな」

最後にぎゅっと抱きしめて、ラティナを離す。店の入り口まで出てきてくれていたケニスにラティナを預けた。

「ラティナのこと、よろしく頼む」

「ああ。お前も無理はするなよ」

「ラティナが待っているから、無理はできねぇよ」

そう笑って答えるデイルの姿は、今までにはなかったものだ。

「じゃあ、行って来るな」

「デイル、いってらっしゃい。おしごと、きをつけてね」

――ああ。俺、頑張れる。

彼女のその一言を噛《か》み締《し》めながら、彼《かれ》はクロイツを旅立っていった。

†

クロイツから、ラーバンド国の首都アオスブリクまで、騎馬《きば》で三日、馬車の旅で一週間といった距離《きょり》がある。街道《かいどう》は整備されており、多くの商人や旅人が行き来をしている、国内でも有数の流通の大動脈だ。

けれどもデイルが向かった先は、街道から逸《そ》れた郊外《こうがい》の林の方向だった。


クロイツの郊外。開けた草原となっているそこでは、巨大《きょだい》な生物が翼《つばさ》を休めていた。

飛竜だ。魔獣の一種として認識《にんしき》されている竜種の中でも、飛ぶことに特化した能力を持つこの生物は、竜の中ではかなり小型の種類に分類される。その飛竜の中でも、今ここにいる個体は小さな方だろう。遠目でもよくわかる緋色《ひいろ》の装備を付けていることから、ラーバンド国に所属していることは明らかだった。

その隣《となり》には、緊張《きんちょう》した様子で落ち着きなくうろうろしている青年の姿を見る事ができる。青年の衣類にも、飛竜と同じ緋色があしらわれている。その制服と漆黒《しっこく》の簡易の鎧《よろい》という出《い》で立《た》ちは、珍《めずら》しい魔力属性である『央』属性を用いて、飛竜を使役《しえき》している『竜騎兵《りゅうきへい》』であることを示していた。

「うわぁー……どうしよう、ティティ。すっごいむずかしいひとなんだってていうんだよぉー……」

青年が愚痴《ぐち》る相手は傍《かたわ》らの相棒だった。

キュウ？　と鳴いたティティと呼ばれた飛竜は穏《おだ》やかな性格の雌《めす》の個体だった。荒事《あらごと》に向いた性格をしていないため、彼らの主な任務は物資や人の輸送だ。

夜間の飛行には飛竜は向いていない。彼らはこの場で一夜を過ごし、現在は王都に送る目的の人物を待っている状態だった。

「公爵様が契約《けいやく》している冒険者のひとらしいけど。……俺の前任者は、機嫌損《きげんそこ》ねたから辺境に左遷《させん》されたっていうし……折角《せっかく》、王都勤めの高給取りになれたのに……うぅ……大丈夫かなぁ……」

彼の今回の任務は、その冒険者を王都に送り届けることだ。

その冒険者は、まだ年若いにも拘《かか》わらず、いくつもの功績をあげている。ラーバンド国宰相という国王の片腕《かたうで》を務め上げている公爵閣下の信も厚く、かなりの発言力も有していた。

彼自身の立場はあくまでも公爵子飼いの冒険者というものだが、彼の機嫌を損ねれば、即座に公爵にも事の次第が伝わるという。通常ならば、一介《いっかい》の冒険者風情《ぼうけんしゃふぜい》の言葉を、国でも有数の権力者が聞き入れることなどないのだが、彼は別格であるらしい。

前任の『竜騎兵』は、その冒険者を年若いと侮《あなど》り、軽《かろ》んじたのだという。その行為《こうい》が逆鱗《げきりん》に触《ふ》れ、ひいては公爵の命により辺境の地に送られたのだと専《もっぱ》らの噂《うわさ》だった。

公爵が、クロイツに住む彼のために、わざわざ飛竜を派遣《はけん》するほどなのだ。優遇度《ゆうぐうど》がわかるだろう。

「っ！　ティティ、来たっ！」

主思《あるじおも》いの『彼女』は、キュインと、相槌《あいづち》を入れてくれた。

朝日が照らす風景の中を、黒い革のロングコート姿の青年が歩いてくる。

左腕に鈍《にぶ》く輝《かがや》く金属の煌《きら》めきは魔道具の籠手《こて》だろう。腰《こし》にはロングソードを佩《は》いている。聞いていた通りの姿だ。

まだ若い竜騎兵は姿勢を正して彼を迎えた。

この冒険者の青年は、彼の相棒の飛竜《ティティ》ですら一刀のもとに切り捨てられる程の実力者なのだ。

あまり好戦的ではないとはいえ、竜種である。『普通《ふつう》』の冒険者ならチームを組んで対するのが定石だというのに。

「エルディシュテット公爵閣下の命により、お迎えに上がりました！」

「ああ。デイル・レキだ」

低く静かな声で応じた青年は、落ち着いた表情で竜騎兵とその相棒《かれ》を見た。自分より若く見える彼の、自分は到底及《とうていおよ》ばぬ存在感に、竜騎兵の青年はゴクリと唾《つば》を飲み込んだ。

「こちらにどうぞ」

飛竜《ティティ》の背中に付けられた鞍《くら》に彼を誘導《ゆうどう》し、彼の持っていた荷物を預かり、しっかりと固定する。

馬などとは比べ物にならないほど、遥《はる》かに高い位置にある飛竜の鞍だが、彼は体勢を崩《くず》すこともなく軽々と身を乗せた。ベルトを締め、準備を整えるさまも手馴《てな》れている。

竜騎兵の彼もまた、急いで自分の鞍に向かい手綱《たづな》を握った。

この手綱は、竜騎兵の魔力《まりょく》を伝達しやすい特殊《とくしゅ》な素材で作られている。手綱を握ることで飛竜に細かな指示を与《あた》えることが可能となり、飛竜の思考もまた手綱を通し、竜騎兵に伝わる。竜騎兵にとって最重要で、最も貴重な装備であった。

「行くよ。ティティ」

短く声を掛《か》けて、魔力を伝える。飛竜はその指示に従い翼を広げると、クルルルルと、独特の鳴き声を上げ、周囲に風の魔力を集める。

天の種族特性を持つ竜種であり、風の魔力を纏《まと》う飛竜は、一度の羽ばたきだけでその巨《きょ》体《たい》を空へと浮《う》かせた。

二度目の羽ばたきで天高く舞い上がると、三度目で王都のある方向に移動を開始する。

飛竜の速度ならば、王都までの道のりも半日程度しか掛からない。

竜騎兵の適性者が高給で働くことのできる所以《ゆえん》だ。飛行という移動の手段はかなり限定されている。魔《ま》法《ほう》で補うことはまず不可能で、天の種族特性を持つものに限られた特権であるのだ。

そのため、軍事的な意味でも一部の技術は厳格に管理されている。飛竜の場合は、飼育法や手綱のような専門の道具のメンテナンス方法は、国などの大きな権力が握っていた。個人の『飛竜乗り』のような者は存在しない。飛竜に乗るためには、国仕えになる以外の選択肢《せんたくし》はないのだ。

（ううぅ……気まずい……）

キュイ？　と、飛竜《ティティ》が鳴く。普段と異なる竜騎兵《かれ》の様子を心配してくれているようだ。

飛竜の背中の上は、風の魔力渦巻《うずま》く周囲と大きく異なり、とても静かだ。台風の目といった感覚なのである。

だがその静けさが今は恨《うら》めしい。

そよ風程度の風が、汗ばんだ額に心地《ここち》よく届く。

（このまま……無言で通せるか……でも、気まずいなぁ……）

これから半日近くも、この無言の圧力に耐《た》えきることのできる自信はなかった。背後の彼の気配に、無性《むしょう》に喉《のど》が渇《かわ》く。

自分の鞍の下に手を入れて、目的のものを取り出した。いつも通りの行動であったため、片手で器用に中身を取り出し、一つ口に入れるのも慣れた動きだ。

そのまま容器を後ろに差し出したのには、深い意味などなかった。

深く意味を考える事ができるほど、今の竜騎兵《かれ》の頭は働いていない。

「宜《よろ》しかったら召し上がりますか？」

「……飴玉《あめだま》？」

彼の低い声にそのまま硬直《こうちょく》した。

（終わったあああぁぁあぁっっ!!）

『デイル・レキ』への最大の禁句《タブー》は、歳を理由に侮ること、だ。

竜騎兵《かれ》はひきつった笑いを浮かべながら——背中を向けた相手にその顔が見えないことも気付かずに——この状況を好転させようと、言葉を重ねた。

「今、王都で話題の商品なんです！　全部色によって味が違うんです。それにほら、今までのキャンディにはなかったほどに色とりどりでして、色合いも鮮《あざ》やか！　宝石みたいにキレイだと、庶民《しょみん》から貴族まで人気の商品なんですよ！」

片手から瓶が消えた。

取《と》り敢《あ》えず興味は持ってもらえたようだ。竜騎兵《かれ》は今が勝機と畳《たた》みかける。

「その瓶も凝《こ》った細工でしょう？　蓋《ふた》にまで細かい意匠《いしょう》が施《ほどこ》されているんですよ。それで、女性や子どもなんかは、空になった瓶を小物入れにすることがちょっとした流行《はや》りになっているらしいんですよ！　大きさも、大中小と各種サイズが用意してあり、贈答用からちょっとしたプレゼントにまで、ご予算と用途《ようと》に応じて、様々なお客様のニーズにお応《こた》えできるようになっております！」

必死なあまり、飴屋のセールスマンのようなトークを繰り広げている竜騎兵《かれ》が、今背後を振り返ったら何を見ただろうか。

（そういえばラティナに、キャンディってまだ買ってやったことなかったよなぁ。頬《ほ》っぺたに飴入れて膨《ふく》らませたりするんだろうなぁ。色も綺麗《きれい》だし、女の子は喜びそうだな。ラティナ髪飾《かみかざ》り買ったときとか、やっぱりキラキラしたものとか目で追ってたもんなぁ。ちっさくても女の子だもんな。やっぱり好きなんだろう。あぁ、そういえばラティナの友だちにも女の子がいたな。その子の分も必要かな。友だち同士で同じ物とか、ラティナ喜ぶだろうなっ。それに……）

少なくとも、この王都までの道行きの間、デイル相手に必要以上に気を張る必要がないことを悟《さと》ったはずだ。

以前のデイルであったならば、間違いなく地雷であったものを踏《ふ》み抜《ぬ》いた竜騎兵《かれ》であったが、その地雷なんてものは、当の本人にとって、今は考える価値もない些細《ささい》なことであった。

そんなことを考えるスペースは、今のデイルの脳裏《のうり》にはないのだ。

ちいさなラティナが、当人のあずかり知らぬところで、一人《ひとり》の将来ある青年の未来を救ったことを知る者は誰《だれ》もいない。

ラーバンド国首都アオスブリクまで到着《とうちゃく》すると、飛竜はその高度を下げる。竜騎兵は地上の兵と魔道具の灯《あか》りで交信してから専用の施設《しせつ》に降りていく。

不用意に王都に近づけば撃墜《げきつい》されるため、決められた手続きを踏む必要があるのだ。

デイルは地上に降りると、もう飛竜や兵に一瞥《いちべつ》をくれることもなく、何時《いつ》も通りに待っていた馬車へと近づいて行った。御者もわざわざ誰何《すいか》することもなく扉《とびら》を開いて彼を迎えた。

華美《かび》ではないが、品の良い豪勢《ごうせい》な馬車に掲《かか》げられている紋章《もんしょう》がどこの家の物であるのか、この王都で知らぬ者はいない。

エルディシュテット公爵家は建国王の末裔《まつえい》であり、過去幾度《いくど》も王族の降嫁《こうか》もされている。ラーバンド国でも屈指《くっし》の由緒《ゆいしょ》ある家柄《いえがら》だ。身分に驕《おご》ることなく、能力の高い者を輩出し続けていることでも高名で、現在の宰相も現公爵閣下だった。

王に次ぐ権力を持っているといっても過言ではない。その国王と公爵が、迎合《げいごう》することはなく、それでも共に政治を執《と》り行《おこな》うからこそ、この国は強大で揺《ゆ》るぎなくその存在を轟《とどろ》かせているのだった。

†

貴族の館《やかた》が立ち並ぶ区域。すべてがまるで城であるような豪勢な建築物群の中でも、明らかに格の違《ちが》う、広大な敷地《しきち》と美しさと共に実用性と堅牢《けんろう》さも併《あわ》せ持《も》った館。そここそ、エルディシュテット家の城であった。

デイルの乗った馬車はスルスルとその敷地に入っていく。そのまますべるように玄関《げんかん》の前に停車すると、彼が到着するタイミングがわかっていたかのように待ち構えていた使用人たちが、扉を開いて彼を迎えた。

馬車から降りるデイルの表情は動かない。

ひどく凪《な》いだ静かな表情は、彼の一流の冒険者《ぼうけんしゃ》としての実力を、見るものに深く印象付けるものだった。

その館の一室で。

「久しぶりだな、グレゴール。お前の婚約者殿紹介《しょうかい》してくんねぇ?」

「ふむ。わかった、デイル。斬《き》っても良いか」

そんな残念な会話をしている際には、そんな趣《おもむき》は霧散《むさん》していたのであったが。

彼らがいるのはグレゴールの私室だった。部屋の主の性格を表しているかのように、品の良さが感じられ並ぶ調度品も一流のものばかりだが、決して華美ではないインテリアで纏められている。

グレゴールは公爵の末子の三男だ。とはいえ彼の母親は公爵の後妻で、他の兄弟姉妹とは母親が異なっている。その母親が東の辺境国出身の異国人ということもあって、国内での後ろ盾《うしろだて》も弱かった。

歳の離れた長子である兄は、既《すで》に結婚《けっこん》して子どもも生まれている。グレゴールはそんな現状から、早々に公爵家の後継《こうけい》という可能性には見切りを付けていた。

母方の血が色濃《いろこ》く、顔立ちに異国の気配が強いグレゴールは、まっすぐな黒髪《くろかみ》を後ろで束ねた精悍《せいかん》な顔立ちの青年だった。デイルより頭半分ほど長身で、細身の体を今日は珍しく貴族らしい上等な服に包《つつ》んでいる。

辺境国流の剣技を磨《みが》き、彼の国にて研鑽《けんさん》も積んだグレゴールは、その腕《うで》で将来冒険者となる道も視野に入れている。貴族としての地位に固執《こしつ》している訳でもない彼は、無理に他家に入る必要性も感じていないのだ。

一介の冒険者であるデイルと親しくしているのもそう言った事情によるものだ。彼らが同年齢であり、得手とするものは違えども実力は互《たが》いに認めるものであるというのも大きいだろう。

「第一ローゼは俺《おれ》の婚約者ではない」

「土産なんだけどさぁ……ちいさな女の子が喜びそうなもの見繕《みつくろ》ってほしいんだよな。お前のことだから、婚約者殿以外に若い女性の知り合いなんていねぇだろ？」

「よし、そこになおれ。せめて一太刀《ひとたち》で葬《ほうむ》ってやろう」

デイルが『婚約者』と揶揄《やゆ》するのは、正式な約束のあるものではなく、グレゴールと幼いころより互いに憎《にく》からず思い合っているという少女のことだった。

正式に婚約するのには問題が多いのだという。絶世の美姫《びき》と名高い彼女だが、いまだに政略結婚の駒《こま》ともされず、社交の場にもめったに出ずに館の奥《おく》か領地で静かに過ごしていることからも、そのことがわかる。

グレゴールが貴族という立場を捨てきることが出来ない理由の一つであることだけは間違いなかった。

「どんな土産が良いと思う？」

「土産とは……着いたと思ったら、もう帰る算段か」

「帰っていいなら、今すぐ帰る」

「小さな女の子とは？　お前が間借りしているというところに、子でも産まれたのか」

「いや。俺んちの子」

グレゴールが固まる。だが、デイルは全く気付かなかった。彼の意識はラティナの笑顔《えがお》の幻影《げんえい》に占領《せんりょう》されている。

「もう、すっげぇ良い子で、可愛くて、可愛くて、可愛すぎるくらい可愛いんだ。本当にすぅっげぇ健気《けなげ》でさ、今も留守番してくれてるんだよ。気をつけてねってちっさい手振ってくれてさ。思い出しただけで、俺、泣きそう。……あぁー……早く帰りてぇ。寂《さび》しがっていねぇかなぁ。泣いてたりしたらどうしよう。……それに今育ち盛りだもんなぁ。毎日いろんなこと覚えてくるのに。留守の間に出来ること増えてっかなぁ。どうしよう、ラティナの成長見逃《みのが》しちまうなんてどんな拷問《ごうもん》だろう。うん、帰ろう。即座《そくざ》に帰ろう。おい、グレゴール。今回の仕事は何だ？　今すぐにでも出発しよう。それで、即座に殲滅《せんめつ》すれば帰っていいだろ？」

「お前に一体何があった」

グレゴールの反応は正しい。ごく真っ当なリアクションであった。

前回会った時のデイルは『こんな』ではなかった。なにがどうなって、どうすればこのような残念仕様に変化するのか。

しかも、今まで話題の片隅にもあがらなかった幼子が原因らしい。

どこから湧《わ》いて出てきたのだろう。

そして、一体どうしたなどと、迂闊《うかつ》にも口に出してしまったばかりに、嬉々《きき》として語り始めてしまった友人を止めるきっかけを失ってしまった。どのような対応をすることが正しいのか見当もつかない。困惑《こんわく》しかない。そしていつ終わるのだろうか、この『うちの子』自慢《じまん》は。

「片角の魔人族の子を引き取った……お前が?」

ラティナを引き取った経緯《けいい》を聞く間、話が現在の状況に至るまで、何回「可愛い」という単語を聞かされたのかも定かではない。とうにグレゴールはそれを受け流すのが賢明《けんめい》であると悟っていた。

グレゴールは思いもよらなかった話の内容に呆気《あっけ》にとられた顔をしていたが、デイルには聞き手の反応など関係なかったようだった。現在の彼にとっては、ラティナの可愛さを思う存分語ることこそ、重要事項なのである。

「お前にも会わせてやりたいような……でも、ラティナの可愛さが知られちまって、王家の連中なんかに目を付けられたらたまったもんじゃねぇからなぁ。うん。却下《きゃっか》だ却下。会いたかったら、お前の方から会いに来い。考えてやろう」

上から目線であった。

そして、デレッデレであった。誰だお前と、内心で呟《つぶや》いたグレゴールを誰が責められるだろう。

「『緑の神《アクダル》の伝言板』で調べたが、ラティナに合致《がっち》する情報はなかった。魔人族は自分たちの集落でほとんど他所《よそ》と交流をもたねぇから、そういうところの出身か……捜《さが》す者のいない天涯孤独《てんがいこどく》の可能性が高いだろう」

「まあ、魔人族はほとんどその文化も知られていないからな」

「親の遺体の傍《そば》にも、当人の身元がわかるものは無かったから、郷里を探すことも出来ない。……片角だけどあんな子どもの『罪』なんて、当人にはどうしようもない理由だろうよ。他種族の俺がラティナを疎《うと》んじる理由にはならねぇ」

その理屈《りくつ》はわかる。

わからないのはデイルの変貌《へんぼう》ぶりだった。どれほどまでにその魔人族の少女が彼の琴線《きんせん》に触れたというのか。

「魔人族だからといって、全《すべ》てが敵対してる訳じゃねぇ。俺がラティナと暮らしても問題はないはずだ」

「問題か……それがあるとしたら、お前が『同族』を屠《ほふ》ることがあることを、その子に知られることではないのか」

グレゴールの静かな声に、デイルは暫《しばら》く沈黙《ちんもく》する。

「……仕事の内容によっちゃ、『人間族《どうぞく》』だって斬る。魔人族だけの話じゃねぇよ」

「まあ。そうだな」

剣を握ることを生業《なりわい》にする、ということはそういうことだ。魔獣などだけがひとにとっての害悪ではない。『人間族』の国家が『他種族』と敵対することも珍しくはないのだ。

そして何より、『魔人族』は、『魔王《まおう》』と関係が深い。

世界に七つの存在として在る『魔王』は、それぞれに数が冠《かん》せられている。『一の魔王』、『二の魔王』といったように。

その能力も在り方もそれぞれに異なるが、全てに共通しているものもある。

『魔王』は角を有しているのだ。『魔人族』と同じように。

また、『魔王』は眷属《けんぞく》として『魔族』を従えている。

生まれながらの『魔族』というものは存在しない。『魔族』は『魔王』の眷属となることで、生来の能力を遥かに超《こ》えた力を得たものたちだ。それらは『ひと』に限らない。なかには獣《けもの》の一種に数えられながらも高い知性を有している『幻獣』と呼ばれるものすら含《ふく》まれている。

その『魔族』の中で、『魔人族』が占《し》める割合は非常に大きい。

これが、『魔王』を指して、『魔人族の王』と称《しょう》されている所以であった。

「『七の魔王』の配下らしきモノが確認《かくにん》された」

「魔族か？　ただの下僕《げぼく》か？」

魔族か否《いな》かで、そのものの能力は大きく異なる。姿かたちは同じでも、比べ物にならないほどの脅威《きょうい》となりうるかどうかの差があるのだ。

「まだはっきりとはしていない。だからお前が呼ばれたのだろう」

グレゴールはそう言ってデイルと視線を合わせた。

「俺も同行することになる」

「お前なら大丈夫か……」

背中を預けても良いと思えるほどには、互いの腕を信頼《しんらい》している。

デイルは溜《た》め息《いき》交じりにそう答えてから、体を起こした。そろそろ公爵閣下との面会の時間が近づいていた。いつも通りの革のコート姿では具合が悪い。それなりに身形《みなり》を整える必要があった。

王宮の執務室《しつむしつ》にいる公爵の下に向かう前に、公爵家に立ち寄ったのはそのためだった。友人と無駄話《むだばなし》するためではない。

「とりあえず父上の御前ではもう少し、しゃんとしろ」

「わかってるよ」

ひらひらと手を振り、デイルは自分にあてがわれた部屋へと向かっていった。

エルディシュテット公爵家の紋章の入った馬車から降りた青年は、黒を基調とした服に身を包んでいた。

貴族にはない野生的な気配を漂《ただよ》わせているその青年には、歳《とし》に似合わぬ歴戦の戦士としての風格すら感じられる。

王宮の衛兵たちは、彼が誰であるかを察すると背筋を伸《の》ばした。

一礼して案内に立つ兵士にくれた一瞥も、ひどく凪いだ冷静なものだった。

苛烈《かれつ》で冷酷《れいこく》な、魔術《まじゅつ》にも剣技にも長《た》けた一流の戦士。今後伝説になるかもしれない、偉《い》業《ぎょう》を為《な》し続《つづ》けている若き英雄候補。

そう噂される『彼』のことだ。その印象は大袈裟《おおげさ》ではないだろう。

兵士たちの羨望《せんぼう》に似た視線を感じながら、グレゴールは隣にいる『普段通り』のデイルの姿に、安堵《あんど》したような、そうではないような、複雑な心境を抱いていた。

そう、これがいつものデイル・レキという男だ。

親しい間柄の人間には、人好きのする穏やかな顔を見せているが、戦場での彼は敵対するものに容赦《ようしゃ》などしない冷徹《れいてつ》なまでの戦士だ。

まだ若いデイルが、仕事に徹するためにはそうならざるを得なかったともいえる。自分の感情を殺し、眼前の事象に冷静に対処していくことが最善であったのだ。

王宮で背筋をまっすぐに伸ばしたまま歩く彼は、その戦士としての顔を見せている。

彼にとって、王宮《ここ》もまた戦場であるのだから。

†

一方、デイルが王都に行き数日が過ぎた頃《ころ》、クロイツでは。

ラティナが、わかりやすいほどに、しょんぼりとしていた。

元気が無い。というよりも、背中に哀愁《あいしゅう》を張り付けているとでも言うべきか。『寂しい』ということを全身で訴《うった》えているようだった。

「ラティナ……大丈夫《だいじょうぶ》か？」

どう見てもこの様子は大丈夫であるはずはない。それでも他に掛けるべき言葉が見付からない。

「ラティナ……だいじょうぶ。……おるすばん、だから」

いつも通りの仕込みをするケニスの隣に静かに座《すわ》るラティナは、消え入りそうな声でそ

う答えた。

この子はいつもこうだ。

表情や全身でそうではないと訴えているというのに、返す言葉は大人を気《き》遣《づか》う優等生の回答だ。

ケニスは溜め息をついてラティナを見る。

「……ああ。そうだな。『留守番』だ。デイルはちゃんと帰って来るさ。ラティナが待っててくれるんだからな」

ラティナがケニスを見上げて、少し首を傾《かし》げる。

ケニスは微笑《ほほえ》んでみせた。ここで大人の自分まで辛気《しんき》臭《くさ》い顔をしてはラティナが不安になるだけだ。

「ラティナが来るまでのデイルにとって、此処《ここ》は荷物を預けて拠点《きょてん》として使っているだけのただの『場所』だった。それが今では『帰ってくる場所』になっている」

ケニスはデイルのことをよく知っている。

郷里から出てきたばかりのまだ少年と言っていいデイルに、冒険者としての基礎《きそ》を教えたのはケニスだった。自分のパーティに迎《むか》え入《い》れ、旅の仕方から依頼《いらい》の受け方、魔獣への対し方まで惜《お》しみもなく様々な技術を伝えた。

郷里の外という、誰一人《だれひとり》知己のいない世界で、『兄貴分』という頼《たよ》ることのできる相手がいることがどれだけの支えになるかを、先達たるケニスは知っている。

「デイルの奴《やつ》、いつもラティナには『ただいま』って言っているだろう。それが証拠《しょうこ》だ」

「デイル、ラティナに、いつも『ただいま』っていってるよ？」

「そうだな。でも、ラティナが来るまでのデイルは違ったんだ。ラティナはあいつにとって、特別なんだよ」

自分のことは、羽を休める宿り木程度には思ってもらっているだろう。それでも『帰る場所』という尊さとは比べることなどできない。

この幼子は、『弟分《ディル》』にとってのその尊い存在だ。兄貴分たる自分が、彼の留守中に守るだけの理由がある存在なのである。

「ラティナ、デイルのとくべつ？」

「ああ、そうだ」

ラティナの表情がくしゃりと歪んだ。泣き出しそうなのを我慢《がまん》しているように、きゅっと膝《ひざ》の上のスカートを握った。

「ケニス……」

「なんだ？」

「ラティナ、ずっとデイルのそば、いてもいいのかな……」

「……ラティナがいなくなったら、デイル……半狂乱《はんきょうらん》で捜し回るぞ……」

「はんきょーらん？」

「……凄く心配して、必死になるってことだ」

知らない言葉に首を傾げた後で、ラティナは再び言葉を探した。

「ラティナ……うまれたとこ、ラティナわるいこだから、おいだされたよ。……おいだされたのラティナだけだったのに、ラグ、ラティナといっしょにいてくれたから、しんじゃったんだよ」

ケニスは何気ない顔つきで作業を続け、息をのんだことを悟られないように努めた。やはりこの子は、自分が郷里から『追放』されたことを理解しているのだ。

「『ラグ』って何だ？」

「ラティナのおとこのおや。……びょーきだったのに、ラティナといっしょにいてくれたの。……ラティナのこと、わるいこじゃないっていってくれるの、かぞくだけだったの。……ラグしんじゃったから、やっぱり、ラティナわるいこだったんだなっておもったの」

ラティナはそう言ってから、再び下を向いた。

「デイルはじめてだったんだよ。ラティナのこと、いいこだって……かぞくと、べつなのに、いってくれたの……デイルがはじめてだったの」

そして、ちいさな声で大切な秘密を教えるように続けた。


「デイル、ラティナのとくべつなの」


「……そうか」

気の利《き》いた言葉一つも浮かばない自分は、何て無力な大人《おとな》なのだろうか。そう、ケニスは思う。

この子はこのちいさな体の中に、どれだけの物を仕舞い込んでいるのだろう。

「どうしてラティナは、デイルには自分の話、しなかったんだ?」

以前デイルが問いかけた時は、話したがらない様子であったと聞いている。なぜデイルではなく、自分相手に打ち明けたのだろうか。

そのケニスの問いに、ラティナは。

「ラティナわるいこだって……デイルしったら、ラティナきらいになるよ。……ラティナ……デイルに、きらいになられるの……こわいよ」

「そうか。デイルのことが大切だから、話せないのか」

ケニスの言葉に、ラティナはこくりと頷《うなず》いた。

デイルは、今ラティナが話したことは既に察している。承知した上で、このちいさな幼子を傍に置くことを望んでいる。

けれども、この子はそれを知らない。

そして知られることを恐《おそ》れている。この子なりに必死なのだろう。

（でも、ラティナがこんな風に、俺には身の上話したりするようになったってこと……デイルが知ったらどんなことになるか……）

間違いなく、面白《おもしろ》くないという顔と態度になるだろう。面倒《めんどう》くさい。このちいさな幼子の、気の遣い方の何分の一かでも見習うべきだ。

「なあ、ラティナ。デイルが帰って来るまでに、一つ練習してみるか？」

「……れんしゅう？」

ケニスが急に提案をしたのは、このままだとこの子はデイルが帰って来るまでに、小さくへこんで萎《しお》れてしまいそうな危惧《きぐ》を抱いたからだった。何か夢中になれるものがある方が良いだろう。

そして恐らくラティナにとって、最も原動力となるものはデイルの存在なのだ。

「きっとデイルは腹空《す》かせて帰って来るぞ。王都からクロイツに帰って来るまではかなり時間がかかるからな。ラティナ、デイルのためにごはんが作れるようになりたいって言ってただろう。良い機会だし練習しよう。デイル、驚《おどろ》くし喜ぶぞ。ラティナが作ったって言ったらな」

「……ラティナできる？」

「全部をやるのはまだ難しいだろうがな。出来ることをやろう。……どうだ？　やってみるか？」

少しラティナの表情が明るくなったことに、ケニスは心底ほっとする。やはりこの子にとってデイルの存在は大きい。良い意味でも、悪い意味でも。

「ラティナやりたい。ケニスおしえて。おねがい」

そしてこの子の『お願い』は、デイル《親バカ》でなくてもなんとかしてやりたい。そのくらいのことを思ってしまう愛らしさなのであった。

†

それから間もなくして、

「シェパーズパイだ。割引してやるから、食え」

「とうとうこの店は押《お》し売《う》りを始めたのか」

頼《たの》まれてもいない皿を片手に、常連である髭面《ひげづら》の冒険者の前に仁王立ちするケニスの姿があった。呆気にとられた常連の反応にも、揺るぐことはない。

「しかもなんだそれ、えらく不恰好《ぶかっこう》だな。中身はみ出てるじゃねえか」

「無理もない。練習中だからな」

「練習中？」

髭面の常連は繰《く》り返《かえ》してから、この店の中で『練習』しそうな人物の心当たりに気付く。というか、一人しかいない。この宿の家付き娘はかなり以前から知っている。だからこそ断言できる。

「……嬢《じょう》ちゃんの、か」

「そうだ。ラティナの練習作だ」

「わかった。置いてけ」

こんなやり取りが、この日の内で何度も繰り返された。

ケニスはラティナに、彼女《かのじょ》が現在行える作業を考慮《こうりょ》した結果、シェパーズパイを作らせることにしたのだった。上達のためには数をこなすことが何より早道だ。まかないで消費するのには限界があるが、この店は、細かな盛り付けなどにはこだわらないデリカシーなどとは縁遠《えんどお》い輩《やから》のたまり場なのだ。実験台には事欠かない。

シェパーズパイとは、ミートソースの上にマッシュポテトを広げて焼いた料理のことだ。パイという名称《めいしょう》に反してパイ生地《きじ》は使われていないし、菓子《かし》の類《たぐい》でもない。

ラティナの作業はマッシュポテトを作ることと、ケニスが作ったミートソースと共に皿に重ねて入れ、最後にチーズをかけることだった。オーブンの出し入れはケニスがやるが、焼き加減もラティナは真剣《しんけん》な面持《おもも》ちで計っている。

全体の味を決めているミートソースはケニスが作っているために大きな失敗は起こらない。それでも初めのうちはソースがはみ出ていたり、ポテトがまだらだったりと少々不恰好だった。だが、日を重ねるうちに上達が見て取れる。

初日以降は、ケニスが何も言わずとも、常連のほとんどがラティナの練習に協力態勢をとっていた。

何より、このメニューに限って、専属のちいさな給仕《きゅうじ》が運んで来るというサービス付であるのだ。以前より彼女がやりたがっていた配膳作業ではあったが、『虎猫亭《とらねこてい》』では配膳時に精算も行われているために、幼い彼女にやらせる訳にはいかなかった。だがこの、一連のシェパーズパイに関するムーブメントは常連客たちの間だけに巻き起こっている。精算を最後に一括《いっかつ》して行う面子《メンツ》相手だけに限れば、ちいさなラティナに金銭を扱《あつか》わせなくても済むのだった。

この結果、『踊《おど》る虎猫亭』空前のシェパーズパイブームがやって来たのであった。

「おまたせしましたーっ」

デイルが留守にしてから、しょんぼりと項垂《うなだ》れていたラティナが、上気した張り切った顔をしているのは悪くはない。

この子が寂しげにしていると、『虎猫亭』の中全体も何処《どこ》か沈《しず》んでいたのだから。

ちいさな体で大事そうに運んできたお盆《ぼん》には、もうだいぶきれいな形をしたシェパーズパイがのっている。

少しばかり拙《つたな》いが、もう売り物としても問題ないだろう。

「あついので、きをつけてください」

——このちいさな子が、この店で最も丁寧《ていねい》な接客をしているかもしれない。

「ごゆっくり、どうぞーっ」

にこりと空のお盆を抱きしめて微笑むラティナに、常連客たちは、内心でそんなことを唱和していた。

初めは幼いラティナ相手に、どう接して良いか明らかに戸惑《とまど》っていた厳《いか》つい男ども——常連一同であったが、ラティナは彼ら相手でも愛くるしい笑顔でにこにこしている。

子ども相手では泣かれることが基本的な反応である野郎《やろう》どもなのである。こんな愛くるしい少女が笑顔で接してくるなんて機会はまずない。

たまに虫の居所が悪いのか、ちいさな彼女相手に大人気ない態度をとる馬鹿《ばか》――そういう輩に限って、冒険者としての実力は二流以下だったりもするのだが――に出くわしても、ラティナは驚いたように目を丸くした後でとことこと離《はな》れたところに向かう。そして遠くから不思議な生き物を観察しているように、様子を窺《うかが》っているのだ。大物である。

「いらっしゃいませ。おまたせしましたっ！」

今日も『踊る虎猫亭』ラティナ特製シェパーズパイの売れ行きは好調だった。

†

「やっと、帰れるっ！」

エルディシュテット公爵家でそんな雄叫《おたけ》びがあがったのは、デイルがクロイツを離れてから、あと少しで半月というほどの日付がたったある日のことだった。

「帰るっ、即座に帰るっ！　今すぐにでも帰りの飛竜を手配しろっ！　ラティナが俺を待っているっ！」

「とりあえず、今夜の夜会の出席までは『仕事』のうちだ」

「いーやーだーっ！　かーえーりーたーいーっ!!」

「……メイドに手配させた、土産《みやげ》のリストは確認しなくても良いのか？　最近王都で話題のものばかり集めさせたが。お前自身が選ぶことに意義があるのではないのか？」

「そうだな！　ラティナ喜んでくれるかなぁ」

ころりと表情を変えるデイルの姿に、グレゴールはさほど動揺《どうよう》していない。


もうこの半月で慣れた。

もうなんだか色々と諦《あきら》めた。諦めざるを得なかった。


この半月の間、デイルとグレゴールを含む少数精鋭は、『七の魔王』の眷属討伐《けんぞくとうばつ》のため、アオスブリク近郊《きんこう》の山間部へと赴《おもむ》いていたのであった。任務を果たしてアオスブリクに戻って来たのはつい先日のことだ。

デイルがエルディシュテット公爵、つまりはラーバンド国との契約《けいやく》で請《う》け負《お》っている『仕事』というのは、主には『魔王』とその眷属に関《かか》わる討伐任務なのだった。

『魔王』の眷属討伐に、少数精鋭で赴くことには理由がある。冒険者を主体として討伐隊を組み、国軍を動かさないことも同様だ。

国が主体となって軍を動かすことは、『魔王』に対し、宣戦布告することと同義であるからだった。

『魔王』の能力は大きい。そしてその眷属全体を含めると、一国家を脅かすほどの軍事力を有していることになる。表だって敵対することを表明すれば、『魔王』もまた自らの眷属と共に抗戦《こうせん》することを選ぶだろう。

七つ存在する各『魔王』は、完全に別個の存在であるので共闘《きょうとう》するということはまずない。それでも単体の『魔王』との戦争でも充分《じゅうぶん》に国を揺るがす大事となる。

リスクを最小に止《とど》めつつ、『魔王』の脅威を払うには、不特定の所属である小集団による奇襲《きしゅう》――つまりは暗殺が効果的なのだ。

公爵家の人間であるグレゴールが、正規の軍属となっていないのも、彼は半ば冒険者として活動しているという建前で、それらの任務に就《つ》いているためでもある。

半月前、デイルはクロイツからアオスブリクに到着したのち、準備期間を経《へ》て、同じく任務を請け負った者たちと目的の場所に向かった。メンバーは皆《みな》、冒険者としての実力が認められている優秀《ゆうしゅう》な者たちだ。ラーバンド国が直接契約を交《か》わす程度には、能力と共に人格にも信用がおける冒険者たちである。聖人君子ではないが、少なくとも裏切って背後から斬りつけてくるような心配はない。国軍属の斥候隊も冒険者の風体《ふうてい》に偽装《ぎそう》して同行していた。

辿《たど》り着《つ》いた山中深き森の中には、斥候の報告通り数匹《すうひき》の竜が巣を作っていることが確認できた。アオスブリクには地熱の高い、『赤の神《アフマル》』の神威が強く働く土地がある。竜種が繁殖期《はんしょくき》に好む場所でもあった。

「……『七の魔王』の持ち竜で間違いないな」

戦乱と騒乱《そうらん》を好む魔王である『七の魔王』は、強大な力の象徴《しょうちょう》とされている竜種を使役《しえき》することを好んでいた。魔人族は『央』属性の適性者も多い。竜を自らの手足同然に操《あやつ》る使役者《テイマー》も存在していた。

彼らがその竜をターゲットのうちのひとつだと確信したのもまた、その使役者《テイマー》の存在を確認したからであった。

黒いローブを纏《まと》った女が一人に、数人の戦士。どの人物にも角があることが確認できる。魔人族の戦士の兜《かぶと》は特徴的《とくちょうてき》なのだ。彼らは自分たちの誇《ほこ》りである角を隠《かく》すことを良しとしない。頭部は覆《おお》っていながらも角だけは誇示《こじ》するように露出させていることが多い。

だが、一番危険なのはローブ姿の女だ。

「……間違いない。あの女は『魔族』だ」

デイルが静かな声で仲間たちに注意を促《うなが》す。彼の能力を知る仲間たちは、余計な疑問を挟《はさ》まずに、すぐに了承《りょうしょう》の意を返した。

そこからは、無駄《むだ》な会話は挟まない。幾度も共に危険な任務に挑《いど》んできた間柄《あいだがら》なだけあって、数度のハンドサインで配置に就くまでも慣れた動作だった。

戦闘《せんとう》の口火を切ったのは、デイルの魔法《まほう》だ。

「〝我等《われら》が神に連なりしものよ大地よ、我《わ》がデイル・レキの名のもとに命じる、我の望むまま穿《うが》ちその姿を変え全てをその身の中に飲み干せ《大地変化》〟」

普段の簡易な魔術式とは比べ物にならない膨大《ぼうだい》な魔力《まりょく》がのせられた一文。

あたりに轟音《ごうおん》が響《ひび》き渡《わた》り、目標の足元が崩落《ほうらく》する。攻撃《こうげき》に気付いた魔族の女と戦士たちは回避行動が間に合ったようだが、自重のある竜たちは崩落にもろに巻き込まれていった。

通常の魔法使いならば、魔力切れを起こしても不思議のない魔法を行使したはずなのに、デイルには疲労《ひろう》の色は欠片《かけら》もなかった。剣をスラリと引《ひ》き抜《ぬ》いて未《いま》だ混乱の中にいる敵の中に切り込んでいった。

示し合わせたタイミングで飛び出したグレゴールが握《にぎ》るのは、緋《ひ》色《いろ》の拵《こしら》えの太刀《たち》。魔力を帯び、斬ることに特化したその剣光を奔《はし》らせる。純粋《じゅんすい》な剣技では、彼はデイルよりも遥《はる》かな高みにいる。

「〝大地よ、我が名のもとに命じる、我が敵を討《う》て《石槍》〟」

グレゴールが周囲の意識を一身に集めた瞬間《しゅんかん》に唱えられた、近距離《きんきょり》攻撃魔術《こうげきまじゅつ》。互いに互いの戦いの癖《くせ》を知るからこそできる連携《れんけい》だった。

簡易式で唱えられたとは思えない精度の魔術は、鋭《するど》い石槍を地面から立ち上がらせる。体勢を崩《くず》した魔人族の戦士をグレゴールが切り捨てる。

「〝護《まも》れ！〟」

魔族の女は金切り声を上げて、自分の下僕を叱咤《しった》する。瓦礫《がれき》をかき分けて、這《は》い出《で》てきた竜が女を守るために前に出た。僅《わず》かに遅《おく》れて火球が数発竜の頭に着弾《ちゃくだん》し、周囲に熱気をまき散らす。だが、魔術による攻撃はそれで終わらなかった。続いて電撃《でんげき》が地面を這うようにして向かっていく。複数の魔法使いによる波状攻撃は、現段階では足止めが主目的だ。

その短い時間に、自分の手勢の戦士たちがたった二人《ふたり》の人間族の戦士に切《き》り倒《たお》されたことに魔族の女は焦《あせ》りを覚える。他の竜はまだ穴の底でもがいている。信じられないほどの大穴だった。今自分の傍《かたわ》らにいる一匹は他のものたちを踏《ふ》み台《だい》にしてようやく這い上がって来たのだ。簡単には残りの手札は戻ってこない。

「〝殺せ！〟」

だが、他に手段はない。悪手だとわかっていても唯一《ゆいいつ》の下僕に女はその命令を下す。自分が退却《たいきゃく》する時間を稼《かせ》がせる算段だった。

魔法使いたちの位置から死角になる方向に退路が拓《ひら》けるように竜を誘導《ゆうどう》した――つもりだった。

しかし、するりと、いつの間にか黒い革のコートの戦士が彼女に接近していた。

驚愕《きょうがく》に見開かれた眸《ひとみ》が、もう一人の戦士と魔法使いたちによって、動きを止められている自分の下僕を見る。

はじめから、この男の目的は自分だけだった。そのことに女は愕然《がくぜん》とする。

自分の仲間たちがこの程度の竜一匹をもて余すことはない、そんな信頼に裏打ちされた迷いのない行動だった。

それでも女は、咄嗟《とっさ》に短剣《たんけん》を引き抜き、生半可な戦士よりも鋭い一撃《いちげき》をデイルに振《ふ》り下《お》ろした。

デイルは微《かす》かな動揺も浮《う》かべることはなく、女の一撃を『左腕《ひだりうで》』で受け止めた。彼の籠手《こて》は鈍《にぶ》い金属音のみを響かせる。表面を滑《すべ》る短剣に傷一つ付けられることはなかった。

女の眸に絶望の色がよぎったのを確認することもなく、デイルは自らの剣を横に払った。

――と、言ったように。デイルは戦闘中や緊迫《きんぱく》した状況《じょうきょう》では、一流の冒険者《ぼうけんしゃ》としての名に恥《は》じない姿を見せていた。仕事ぶりも問題ない。

だが、その合間には、

「あああああ。ラティナが足りない。ラティナあぁぁあぁあああ」

「……何が足りないんだ？」

「ラティナ成分だよっ。今の俺《おれ》にはラティナが足りないんだよぉおおお……」

と、突然《とつぜん》移動中に奇声《きせい》をあげてみたり。

「……ラティナに会いたい……ラティナ、どうしてるかなぁ……」

と、空を眺《なが》めて涙《なみだ》ぐんでみたり。

「ラティナ……」

焚火《たきび》を掻《か》きまわしながら呟いてみたり。

――一言でいうならば、情緒不安定気味であった。

周囲はドン引きした。何せだいたいが発作的《ほっさてき》な行動であったのだ。巻き込まれた周囲としては、困惑するしかない。

ストレスの発散なのだろう。『デイル係』となりかけていたグレゴールは、友人として最大限の好意的な解釈《かいしゃく》をしてやりたいと、そう思うことにしていた。せめてもの情けだ。

取《と》り敢《あ》えず今回のグレゴールの『仕事』は、飛竜に乗り切らないほどの土産の山を作りかけたデイルを止めることまでであった。

†

「ラティナ――っ!!」

「第一声がそれなの？」

『踊る虎猫亭』の扉《とびら》を開け放ち、喜色満面で叫《さけ》ぶデイル。その片手には出掛《でか》ける時とは明らかに差のある大きな荷物が提《さ》げられていた。

半月ぶりに顔を合わせたと思えば、まずそれかと、リタが呆《あき》れたという反応をした。

明らかに半月前より悪化している。何がというより、全てが。

「何だ、リタか。ラティナは？」

「ラティナなら、ケニスの所にいるわよ」

と、リタが答えかけたところで、表の騒《さわ》がしさに気がついたらしい当の本人が、奥《おく》から

ひょっこりと顔を出した。

ぱあぁあっ。と、輝《かがや》くばかりの笑顔《えがお》となって駆《か》け寄《よ》ってくる。

「デイルっ！　おかえりなさいっ!!」

ぴょこんと抱きついてきたのを、デイルも満面の笑みで受け止める。

半月前より、だいぶふっくらとして子どもらしい輪郭《りんかく》となったラティナは、デイルの記憶《きおく》にあったよりも更《さら》に愛らしい。

「ただいまラティナっ！　留守番、偉かったなっ。寂《さび》しかったか？　ごめんな。俺もすっげぇ寂しかったぞっ」

「ラティナさびしかったよ。でも、デイル、ぶじでかえってきてうれしいな。おかえりなさい」

「あぁー……やっぱり、ラティナは俺の癒《いや》しだなぁ……」

きゅっとデイルに抱きついて、にこっと笑ったラティナのそんな台詞《せりふ》に、デイルは万感《ばんかん》の思いを込めて呟いた。

（俺、頑張《がんば》った）

頑張ったかいがあった。

「あのな。ラティナ土産が……」

「デイル、ちょっとまっててね」

いそいそと彼女相手に土産の数々を披露《ひろう》しようとしていたデイルは、ラティナがあっさりと自分から離れたことに愕然とした。

とっとっ。と、急ぎ足で厨房《ちゅうぼう》のケニスの下にラティナが向かうのを、うちひしがれた絶望の表情で見送る。焦点《しょうてん》を失った眸で虚《うつ》ろに呟《つぶや》いた。

「は……半月は、長すぎたのか……ふふふ……いっそ、この世から魔族を駆逐《くちく》すれば、今後……俺は、ラティナから離れずにすむのかも……」

「あんた、相当疲《つか》れてるのね」

彼の奇行《きこう》が疲労故《ひろうゆえ》にだと気付いて、流石《さすが》のリタにも同情の色が浮かぶ。

「……ラティナも本当に一生懸命《いっしょうけんめい》だったわよ。……一人で屋根裏部屋にいるのが寂しいかと思って、あんたが帰って来るまでは私たちの部屋に来ても良いって言ったんだけど。『デイルの部屋の方が良い』って言われたわ。一人で寝《ね》るのも大丈夫。『デイルのにおいと一緒《いっしょ》だから安心』出来るんですって」

「……ラティナ大丈夫だったか？　何事もなかったか？」

「まあ、寂しそうにはしていたわよ。それでも目標が出来たら、だいぶ持ち直したみたいだったけど」

リタから留守中のラティナの様子と、クロイツの近況《きんきょう》を聞いているうちに、ラティナが厨房から戻って来た。

手にはしっかりとお盆を持ち、その上では熱々の湯気のたつシェパーズパイの皿と色鮮やかな角切りのフルーツが踊るゼリーが揺《ゆ》れていた。

「デイル、ラティナつくったの。デイルにたべてほしくて、がんばったの」

「ラ……ラティナが作ったのか？」

「がんばったのっ」

誇らしげな笑顔のラティナから、震《ふる》える手でお盆を受け取ると、デイルは感極《かんきわ》まったように叫んだ。

「勿体《もったい》なさ過ぎて、食えねぇ……っ！」

「いや、食べてあげなさいよ」

半月ぶりでもリタの突っ込みは健在であった。


「ということでデイル。お前の留守中に重大な事実が判明した」

「は？」

いきなりケニスが切り出してきたのは、デイルがにこにこと上機嫌《じょうきげん》なラティナを膝の上に座らせた状態で、彼女渾身《かのじょこんしん》の作であるパイとデザートを味わっている最中だった。

デイルの反応などお構いなしに、ケニスは重々しく続けた。

「先日、ラティナの友だちのクロエって子に聞かれたわけだ。『自分たちはこの秋から学舎に通うが、ラティナも行くのか』とな」

「え？」

「クロエとかね、マルセルとかね。みんないくんだって。みんなおなじとしだから」

ラティナが膝の上でデイルを見上げて言う。そんな彼女を見ながら、彼女の友だちのことを思い出した。ラティナより少し年上の子どもたちに見えたので、幼いラティナを可愛《かわい》がってくれているのだなと認識《にんしき》していた。

「ラティナもおなじとしだから、いくの？ってきかれたの」

その言葉を飲み込むまでには、少々時間が必要だった。

「…………は？」

「いや、そういうことらしい」

デイルがケニスに説明を求めるような視線を向けると、ケニスはうむ、と頷いた。

「……ラティナ、来月、生まれ月なんだよな？」

「うん」

「そうなのか？　贈《おく》り物《もの》用意しないといけねぇじゃねぇか！」

「……幾《いく》つになるんだったか、デイルに教えてやれ」

「んー？　はちさいだよ」

何でそんなこと聞くの？　と、こてん。と首を傾げるラティナ。

一瞬《いっしゅん》、言葉を失い固まるデイル。

そのリアクションに、うんうんと頷くケニス。

「……ラティナ、今、七歳。なのか？」

「ん？　そうだよ。ラティナななさい」

「………………小さいなぁ、ラティナ……」

「そうだな。小さいな」

「ラティナちいさい？」

大人たちは皆、彼女のことを五、六歳だと思っていた。それほどにラティナはちいさい。

だが、言われてみれば、ラティナの言動はそうとは思えないほどにしっかりしていた。

言葉遣《ことばづか》いが幼いのは、彼女が言葉を覚えて間もなく、文法も語彙《ごい》も不足しているからだろう。

間もなく、八歳。この時期の子どもの一、二年の差はかなり大きい。

大人たちは自分たちの前提条件が間違っていたということを、認識したのだった。

「……魔人族だから、成長が遅《おそ》いってことか？」

「そう思って客連中に聞いてみたんだが、『魔人族』も子どもの頃は『人間族《おれら》』とさほど成長速度に違いはないらしい。成熟すると成長が止まる、大人の期間の長い種族なんだってさ」

「…………ラティナが……小さいのかぁ」

「小さいだけだ」

「ん？」

大人たちがしみじみとした様子で自分を見るのを心底不思議そうに、ラティナは再びこてん。と首を傾げた。

5 ちいさな娘、友だちと魔法のある日常。

とっことっこと、弾《はず》むように歩いている姿だけでも彼女が楽し気なことがわかる。その動きにあわせて、頭の高いところで左右に結い上げられた髪《かみ》と、鮮《あざ》やかな青い大きな飾り紐《リボン》が揺れる。

艶やかな白金の髪は、時折光を含《ふく》んできらきらと輝いていた。

水色のチェックのワンピースは最近の彼女のお気に入りで、今日《きょう》はやはりお気に入りの小さな白い籐《とう》のカゴを提げている。

広場で遊ぶ友人を見付けると、ぱぁっと表情が明るくなった。

「クロエっ！」

大きく手を振って、ラティナは駆け出して行った。

ラティナが住むクロイツの南区は、庶民《しょみん》の住む下町であるのと同時に、冒険者や旅人相手の店が立ち並ぶ区画だ。子どもが遊ぶには不適切な場所が多々存在している。素性《すじょう》の定かでない者が立ち入る安宿や、仕事にあぶれて昼間から酒を飲んでつぶれている冒険者がいる酒場。男たちの欲望を満たすための安白粉のにおいのする店――など、それらは『踊る虎猫亭』とも隣接《りんせつ》している。

そのため、彼女が独り歩きをしても良いとされているのは、南区の大通り、それも『踊る虎猫亭』から中央に向かう方向のみの区画に限られていた。『踊る虎猫亭』は南区の中では中央寄りに位置している。冒険者や旅人相手の店の多くは、街の入り口周辺に数が多い。値段や質が下に位置するものは特にその傾向《けいこう》が強かった。それゆえの措置《そち》だった。

ついこの間まではラティナの独り歩きは禁止されていた。だが、彼女がそろそろ学舎に通うことのできる年齢《ねんれい》であるのならば、禁止し続けるのにも限度がある。幾つかの注意を守ることで段階的に許可が出ていた。これも大きくなるにつれ、絶対に必要となることの練習の一環《いっかん》だ。

街の中心には広場がある。

東区に住む友人たちとそこで落ち合って一緒に遊ぶことが、最近の彼女の楽しみの一つだった。

広場の中でも普段《ふだん》市場が出ている辺りは、品物を覗《のぞ》いて歩いたりすることはあっても、遊ぶのには不向きだ。少し離れたところが公園として整備されているためそちらに向かう。街の人々も憩《いこ》いの場所として利用していた。都会であるクロイツは草木などの緑が少ない。人工的な雑木林や芝生《しばふ》、花壇《かだん》ではあったが、散策を楽しんだり、子どもの歓声《かんせい》が聞こえていたりと、人が絶えることがなかった。

広場ではラティナが知らない子どもたちもたくさん遊んでいる。その間を抜けて、友人たちのもとに辿り着くと、ラティナは嬉《うれ》しそうに微笑《ほほえ》んだ。

「どうしたのラティナ？　なんかうれしそう」

「良いことあったの？」

クロエとマルセルが尋《たず》ねてきたので、上機嫌で報告した。

「デイル、かえってきたのっ」

「そうなんだ」

「良かったね。ラティナ」

仲間たちも保護者が留守であった際、ラティナがただひたすら意気消沈《いきしょうちん》していた姿を見ている。ようやく心の底から笑えるようになったちいさな友人に、素直《すなお》な祝福の言葉を贈った。

「デイル、みんなにもおみやげだって。おやつにたべよ？」

お土産のお菓子を詰め込んだカゴを差し出してラティナが微笑めば、食べ物だと見当を付けたルディが嬉々《きき》として覗き込み、アントニーが苦笑《くしょう》する。

「うわっ、高そうな菓子っ！　全部食っていいのかっ？」

「気をつけなよラティナ。本当にルディなら全部食べちゃうから」

ラティナの普段の遊び仲間たちは、この四人が中心となっていた。

集団のトップでありリーダー格として君臨するのは、四人の中で、紅一点であるクロエだ。

もう既《すで》に、ラティナとクロエは親友と呼べるほどに仲良くなっていた。

ラティナにとってのクロエは、尊敬の対象だ。男の子たち相手でも毅然《きぜん》とし、最強の座も確固たるものとしている彼女のことを素直に「凄《すご》い」と称賛《しょうさん》の目で見ていた。

クロエもまたラティナのことを、自分の知らないことをたくさん知っている頭の良い子だと認識している。

お互《たが》いに、自分にないものを持つイーブンの存在として認め合っているのだ。性格も全く異なる二人が急速に仲を深めたのもその為《ため》だった。むしろ異なるからこそ惹《ひ》かれあったともいえるのだろう。嫉妬《しっと》ではなく互いに尊重しあえる関係を二人は築き上げようとしていた。

穏《おだ》やかな性格の、丸顔ですこしぽっちゃりした印象を受ける少年であるマルセルにも、ラティナは早々に慣れた。

彼女相手に優《やさ》しい態度を崩さず、ちいさなラティナを怖《こわ》がらせたりしないように気遣《きづか》ってくれる彼に、彼女はクロエの次に好意を持っている。

すらりとした体形の茶色の髪のアントニーのことを聞かれたら、ラティナはあまりよくわからないと答えるだろう。嫌《きら》いかと聞かれたら、そうではない。となる感じだった。

クロエに言わせれば「ちゃっかりしている」となり、大人に言わせれば「要領が良い」となる。そんな子どもだ。

そして最後の一人。四人の中で一番体の大きな男の子。ルディ——本当はルドルフというのだが、仲間たちは皆愛称《みなあいしょう》で呼んでいる——のことは、ラティナは少々苦手だった。

最初の出会いも良くなかったが、それ以降も度々《たびたび》ちいさなラティナをからかったり、悪戯《いたずら》をしかけてきたりするのだ。そのたびにクロエに手痛い反撃《はんげき》を受けることになるのだが、全く懲《こ》りた様子はない。

あまり今まで、同年代の子どもというものと接した経験のなかったラティナにとって、『子どもらしい子ども』であるルディは、どう接したら良いかわからない存在なのであった。

生粋《きっすい》のクロイツ育ちの彼らの顔は広く、ラティナは四人の後についていけば、初めて会う子どもたちの集団との遊びの輪にも簡単に入れた。

ラティナはクロイツに来て、『友だちと遊ぶ』という体験を初めてしていたのだった。

「きょうは、なにしてたの?」

「これから『手つなぎおに』やろうって言ってたんだ」

「向こうの子たちと一緒にね。ラティナも行こう?」

「うん」

手つなぎ鬼《おに》も、ラティナは四人に教えてもらった。

鬼ごっこの一種で、鬼に捕《つか》まった子は鬼と手をつなぎ、一緒に追いかけるという遊びだ。人数が多い方が楽しい。

ラティナも含めた五人は、広場で遊んでいる子どもたちの集団へと駆け寄って行った。

歓声を上げながら子どもたちが駆け回ることのできる光景は、クロイツという街の健全さと豊かさの表れでもあるだろう。

昼日中《ひるひなか》であることや、街の政《まつりごと》を行う領主館に近い広場という場所であることも大きいが、旅人という余所者《よそもの》の出入りが激しい街であるにも拘《かか》わらず、子どもたちに大きな危険がないという証拠《しょうこ》でもある。

クロイツにも貧民街はある。正確には街壁の外に寄り添うようにして存在しているのだ。街の中にも、あまり裕福《ゆうふく》ではなく、幼いころより働くことを強《し》いられている子どもたちもいる。

それでも大多数の子どもたちが、楽しげに遊び、子ども時代を謳歌《おうか》することが許されているこの街は、やはりラーバンド国有数の豊かな都市であるのだった。

へとへとになるまで駆け回って、幾度目かの手つなぎ鬼の決着がつくと、子どもたちは自然な流れで解散した。ラティナたちも他の子どもたちと別れて芝生の一角に座《すわ》ると、カゴの中身を取り出した。たくさん遊んで程よくお腹《なか》も空いている。おやつの時間だ。

薄《うす》い紙に包まれたブラウニーはとても美味《おい》しそうであったが、それを友人たちに配るラティナの顔は、とてもおやつを楽しみにしている姿には見えない。

彼女《かのじょ》は、ぷすぅ。と頬《ほお》を膨《ふく》らませていた。

不本意である。という、彼女の最大のアピールの表情なのだが、いかんせんそんな仕種《しぐさ》も小動物を思わせる愛らしいものだった。

「ラティナ機嫌《きげん》なおしなよ」

「お菓子おいしいね」

アントニーとマルセルがお菓子を食べながらとりなそうとする。だがラティナは、ぷぅ。と膨れたままだった。

「なんでいつも、ルディはラティナばっかりつかまえるの？」

「ん？　ラティナが小さくてとろくさいからだよ」

ラティナの抗議《こうぎ》にも動ずることはなく、ルディは両手に持ったブラウニーをもりもりと食べている。

——王都の貴族御用達《ごようたし》の有名店の高級品であるのだが、子どもたちにとっては『なんだ

かこってりしたとても美味しいお菓子《かし》』程度の認識しかない。

「ラティナより、ちいさいこだっているもん」

「小さいやつも、ラティナよりすばしっこいよな」

「ラティナおそくないもん」

ぷすぅ。再び風船のように頬が膨らんだ。

不本意である。

ラティナの矜持《きょうじ》は大いに傷ついていたのだった。

「ルディ、いっつもラティナのこと、いちばんにおいかけるんだよ。だからだもん」

ラティナの主張に、アントニーが苦笑いし、クロエが眉《まゆ》をひそめた。

マルセルは「そうだね」と何気ない相槌《あいづち》をうつ。真意が測《はか》りづらい反応だ。

だが、当事者であるルディはケロッとしたまま、新しいブラウニーの紙をはがしている。

「当の本人がむじかくって変じゃないの？」

「ルディは子どもだから」

クロエとアントニーがこそこそ言葉を交わしていた。

未だ幼い彼らたちであるが、それでもルディの態度はわかりやすい。幼馴染《おさななじみ》のわかりやすすぎる反応に、困惑《こんわく》しているといっても良い。

だが、もう一人《ひとり》の当事者でもあるラティナも、ぱくりとブラウニーを口に入れた瞬間に、表情をにこやかに変え、ルディの《そんな》ことはどうでもよくなってしまったようであった。

——初めて出会った時から、クロエたち四人にとって、ラティナは『特別』だった。

きらきら輝く白金の髪に、下町の子はお祭りの時くらいしか着けないような、綺麗《きれい》な飾り紐《リボン》を結んだ少女。

最初はガリガリだったけれど、今はふっくらとして、とても愛らしく可愛い。『お伽噺《とぎばなし》のお姫様《ひめさま》』みたいな女の子だ。

遠い異国の生まれで、言葉は少し不自由だけれど、魔法を使うことも出来る。

親はいないけれど、親代わりの人と冒険者たちが集《つど》う店の一角で暮らしている。

——どれ一つとっても、彼《かれ》らにとって『非日常』を集めた存在なのだった。

ラティナに角があることも四人は知っている。

飾り紐《リボン》に隠れた黒いちいさな角を、ラティナ自身が見せてくれたのだ。

つるつるとした手触《てざわ》りなのに、ほのかに温かさを感じるラティナのその部分を、クロエは触らせてももらっていた。

左のもう片方の角が根元から折れていることは、ラティナが悲しそうな顔をしたから『聞いてはいけないこと』なのだろうと、四人は思っている。

気配りと無縁《むえん》のようでいて、ルディでさえも、そのあたりのことはちゃんとわかっているのだ。

子どもたちは大人《おとな》にはない柔軟《じゅうなん》さで、「自分たちと少し違《ちが》うけれど『まじんぞく』という同じ『ひと』」として、あっさりとそれらの事も受け入れてしまっている。

初めは確かに『非日常』への憧《あこが》れだったけれども、今はラティナという、ちいさくて優しい友だちの存在そのものが、彼らにとってとても大切なものになっていた。

そして、それがわかるからこそ、ラティナにとっても、彼らはとても大切な存在なのだった。

†

友人たちは出会った当初から、ラティナが魔法を使うことが出来ることを知っていたのだが、保護者であるデイルはそのことを知らなかった。

この年代の子どもが、魔法を使うことができる。ということがまず想像の外にある事態なのだ。初めから考えたこともなかった。

たまたま夕食の時に話題に出て、思わずフォークを取り落しかけるほどに驚《おどろ》いた。

「え？　ラティナは魔《ま》法《ほう》使えるのか？」

「うん。でも、かんたんないやしのまほう、ひとつだけだよ」

その話を聞いてから、考えていたことがある。

彼女に本格的に魔法を教えるか否《いな》かということである。その中でも特に、『攻撃魔法』と呼ばれる分類のものの扱《あつか》いについてだった。

（うーん……攻撃魔法は危ないかなぁ……でも、護身用に覚えさせたい気もするし……）

彼がこれほどまでに悩《なや》むのは、彼女が『片角』であるからだった。その上これほど愛らしい少女だ。いつ何時よこしまな考えを持った輩《やから》に目を付けられるか、不安で仕方がない。

使える力があるのならば、自分の身を守るための術を教えるべきだろう。

（ラティナなら、徒《いたずら》に誰《だれ》かを傷つけたりはしねぇだろうしな……）

他者を害する凶器《きょうき》となりうる力であるという危険性は承知していながらも、それでも教えるべきだという結論に至ったのは、こんな経緯《けいい》からだった。

日を改めた、昼下がり。デイルは自分が昔魔法を覚える時に使っていた教本を引っ張り出してから、ラティナを呼んだ。

「ラティナの使える回復魔法は、何の属性魔法なんだ？」

「んーと……ひかるのだよ」

「『天』属性か……残りが、対属性か並びの属性かはわかるか？」

「ううん。わかんない」

ぷるぷるとラティナが首を振るので、ふむ。とデイルは思案する。

魔力を用いて様々な事象を起こすことが魔法である。

そのもととなる『魔力』は、大小の差こそあれ、万物《ばんぶつ》が有していた。それこそ全く魔力を持たないものこそ稀有《けう》な存在であるだろう。

だが、『魔法』となると話はまた別になる。まず第一にそのものが持つ『属性』に応じた魔法しか使うことは出来ない。

『属性』は七つ。天、水、地、冥、火、風。そして央となる。

属性は『央の一種』か、『対の二種』、『並びの三種』と呼ばれており、独立した系統の央属性以外の場合、正反対の属性同士か、親和性の高い三種の属性かを備えているものだった。

デイルの場合は、『水』『地』『冥』の三種の属性となる。

「じゃあ、それを調べるところからだなぁ……」

属性に応じて使える系統も大きく左右される。

例えば『回復魔法』もそうだ。『天』『水』『地』の三種の属性に関する魔法のみでしか、回復魔法の系統を使うことは出来ない。

そして同じ『回復魔法』であっても、状態異常や外傷に高い効果を発揮する『水』。即効性は他属性に劣るものの、体力そのものの回復や重傷治療に最終的には大きな効力を持つ『地』。どのような症状にも対応することができる汎用性の高い『天』というように、それぞれ得手とするものも変わってくる。

「〝水よ〟」

呪文《じゅもん》にも満たない、短い呼びかけの言葉。

その言葉に応じて、デイルの手のひらの上で、淡く魔力《まりょく》が揺らめいた。

「ふぁ……」

「わかったよな？　今みたいに『属性』を指定して魔力を動かせたなら、その属性を持ってるってことだ。……ラティナは『魔人族』だから、呪文言語は問題ないもんな……」

「ん？　どういうことなの？」

不思議そうに首を傾《かし》げたラティナに、デイルは「ああ」と小さく呟いて説明を続けた。

「ラティナたち『魔人族』は、他の『人族』に『生まれながらの魔法使い』って呼ばれている。

それはだな、『魔人族』が普通《ふつう》に使っている『言葉』は、魔力を魔法として行使するための『呪文』を紡《つむ》ぐ言葉の『呪文言語』って呼ばれているのと同じものだからだ。

実はな、大多数の『ひと』が、その言葉への適性を持たない。発音すること自体が出来ないんだよ。

『魔法を使えるひと』っていうのは、『呪文言語を操《あやつ》れるひと』であることが大前提なんだ……ちょっと難しいか？」

「うーん……？　ラティナおしゃべりできるから、まほうつかえるの？」

「ラティナたち『魔人族』はな」

デイルはラティナの手をとり、『呼びかけ』を行うように促《うなが》す。

順に繰《く》り返《かえ》した結果、彼女の適性は『天』と『冥』であることがわかった。

「ラティナも癒しの魔法が使えるなら知っていると思うけど。呪文は『属性を指定』して、『制御を明確化』し、『起こる事象を明確化』する。それで『現象名』を告げるって工程になっている」

「ふぅん？」

その反応からすると、魔法を使えはするが、まだ理論までは修めていないのかもしれない。

それも無理はない。こんな幼い少女が魔法を使うなんてことが、元より『普通』は聞かない事態なのだ。

魔人族にとっての『普通』がどうであるかまではデイルにはわからないことであったが。

「ラティナが回復魔法教えてもらった時は、どんな風に教わったんだ？」

「ぜんぶおぼえたの。それでね、まりょくのつかいかた、おそわったの」

「……呪文の丸暗記か。……ちょっとラティナ、回復魔法使って見せてくれるか？」

「うん」

デイルの言葉にラティナは真剣《しんけん》な顔つきで集中する。

滑らかに唄のように呪文を紡いだ。

「〝天なる光よ、我《わ》が名のもとに我が願い叶《かな》えよ、傷つきし者を癒し治し給《たま》え《癒光》〟」

溢《あふ》れた柔《やわ》らかな光まで見届けると、デイルは一つ息をついた。

「綺麗な呪文式だな。補助具もないのに、制御もちゃんと出来てる」

「そうなの？　ラティナできてる？」

「ああ。凄いなラティナは」

デイルはそう言いながら、教本を手に取った。

パラパラと頁《ページ》を捲《めく》り、視線を滑《すべ》らせて、目的の項目を見付けた。

「じゃあ……理論はとりあえず後回しにして……『冥』と『天と冥』の複合魔法を幾つか簡易式で丸暗記してみるか」

やはり魔人族であり、本来の母国語である分、ラティナは『呪文言語』に精通していた。教えているはずのデイルでも知らない単語を、合間に尋ねてくる。

「呪文は言語だから。本来、長く多くの単語を連ねて表すほど、強力な魔法になるんだよ。その分消費する魔力と制御も難しくなるけどな」

「そうなの？」

「ああ。さっきラティナが使った〝《癒光》〟の呪文も、簡易式……例えば〝天よ、我が名のもと命じる、傷を癒せ《癒光》〟くらいでも発動するんだ。かすり傷なんかだとそれで充分《じゅうぶん》だよ。魔力の消費もずっと少ない」

「もっとながくていねいにいえば、おおきなケガなおせる？」

「制御が難しくなっていくからなぁ……補助具があればいいと思うぞ」

魔法使いたちが杖や指輪などのアイテムを用いるのは、制御の術式が込められた補助具だからだ。

制御が精緻であるほどに、消費魔力も範囲指定も、最小で最大の効果が得られる。

広域を薙《な》ぎ払《はら》うような、強大な攻撃魔法というものも存在はしているし、理論上は大軍を一撃《いちげき》で焼き払うような呪文を唱えることも可能だ。

だが、それには膨大《ぼうだい》な魔力の消費に加え、それを制御する力量が求められる。更に冗長な詠唱《えいしょう》が必要となるのだ。あまりにも実用的ではない。

戦場で英雄譚《えいゆうたん》を一本朗読する。と言えば、どれだけ非現実的か想像がつきやすいだろう。

魔術師たちは基本的に、簡易式の手数で攻めるか、後衛で守られながら、その場に応じた適切な魔法で前衛を支援するのが求められている役割となっている。

「でもデイル。ラティナ『まどーぐ』みたことなかったよ」

「『魔人族』は閉鎖的《へいさてき》な種族だから、あまり他の『人族』と交流を持っていないんだよ。『人間族《おれら》』も『魔人族』の習慣とかほとんど知らないしな」

デイルはそう前置きしてから、続けた。

「『魔道具』は魔法が使えない者も、属性も関係なく、誰もが魔力を扱うことが出来るように作られた道具だ。そして『魔道具』を作ること、『魔力付加《エンチャント》』能力こそが、『人間族』の持つ種族特性だよ」

『魔人族』の全《すべ》てが魔法を扱うことが出来るように、各『人族』は、それぞれ『種族特性』と呼ばれる能力を有している。

背に翼《つばさ》を持つ『翼人族』が空を飛ぶことが出来ることや、その身を鱗《うろこ》で覆《おお》う『水鱗族《すいりんぞく》』

が水中で呼吸が出来ることも『種族特性』だ。

『人間族』という、身体能力そのものに大きな特徴《とくちょう》を持たないこの種の能力は、道具を作り利用することだった。

『人族』以外にも、魔法を越《こ》えた大きな事象を起こせるものは、この『種族特性』の関わりが大きい。巨大《きょだい》な竜種などの魔獣で、空を飛ぶことが出来るものもそうだ。魔法に飛行の魔術というものは存在しない。制空権はこれら『天』の『種族特性』を持つ種族たちで占められているのだった。

「『人間族』の特産品だから、交流のない地域には存在しない。まぁ、そういうことだよな」

「べんりなのに。なんで『まじんぞく』、ほかのひとたちと、なかよくしないのかな」

「……そうだな。何でだろうな」

理由のうちの一つを知っていて、デイルは敢えて口を噤《つぐ》んだ。

閉鎖的な種族には、傾向があるのだ。

――彼はこの選択《せんたく》を、後日、後悔することになる。

†

ラティナの誕生月は6の月だった。

世界を司《つかさど》る神々が七柱存在し、多くの理《ことわり》が七であらわされるこの世界では、一年もまた、七にちなんだ周期で分けられている。すなわち季節が巡り戻《もど》るまでの一年を、七の倍の数、十四で割った期間が一か月なのだ。

一日もまた、十四の区切りで分けられており、こちらは神名をもじり、マルの刻、セギの刻などと呼ばれている。

昼時間に当たる方を『表』、夜時間に当たる方を『裏』と呼ぶことも一般的《いっぱんてき》だ。明け方を『表のマルの刻』、日の入りの頃《ころ》を『裏のマルの刻』と呼び、夕暮れ時を『表のセギの刻』、日の出前を『裏のセギの刻』と呼ぶのがそうだ。

ラティナの誕生月祝いはクロエの家に頼んだ。

戸籍制度というものが確立していないこの世界における『誕生日』というものは、かなり曖昧なものだ。そのため生まれた時を祝うという習慣はあるが、月単位という大きなくくりで捉《とら》えられているのだった。

クロエの家は仕立て屋だ。自分の店を持たない下請け業だが、腕《うで》は確かだった。そこで彼女の家を名指しして表通りの店で注文を入れたのだ。

ラティナが、服を作る工程に興味を持ったということもある。

自分の服が縫いあがる様子を、クロエに頼んでちょこちょこと見に行ったりもしていたようだった。

その過程でラティナは、針の持ち方の基礎《きそ》を覚えてきた。

クロエの家に、そこまでラティナの面倒《めんどう》を見てもらうつもりのなかったデイルは、少々慌《あわ》てて、礼の品片手に挨拶《あいさつ》に向かった。

けれどもクロエの母は、

「ラティナちゃんと一緒《いっしょ》なら、クロエが良いとこ見せようと頑張るのよね。筋は悪くないのだけど、飽《あ》きっぽくて、ちゃんと練習しようとしなかったのに。感謝しているのはこちらの方よ」

そう言って笑った。

仕立てあがったのは、所々花の刺繍《ししゅう》で飾られた、淡《あわ》いピンクのワンピース。

そんな晴れ着が縫いあがった時には、クロイツは夏を迎《むか》えていた。

「〝冥たる闇よ、我が名のもとに我が願い叶えよ、熱を奪い温度を下げよ《温度軽減》〟」

パキパキと小さな音をたてて、ラティナの目の前のボウルの中身が凍る。彼女はそれを見届けると、手にしたヘラで中身をかき混ぜ始めた。

氷を作るという行為《こうい》は『冥と水』の複合魔法になるため、水の属性を持たないラティナには扱えない。だが、温度を下げ凍らせるという行為自体は『冥』属性単体で行うことが出来る。

『冥』属性には『下降させる』、『天』属性には『上昇させる』という性質がそれぞれに含まれているためだった。

デイルに教わった簡易式を、自分の使いやすい方法に直して使いこなすくらいには、彼女は生活の中に魔法を取り込んでいた。

夏になってからラティナが好んで作っているのは氷菓の類だった。

シャーベットやアイスクリームといったそれらを、様々な材料を用いて日替《ひが》わりで作っている。もちろんレシピはケニスに教わったものだ。

彼が自分で作るとなると、魔道具を使い、時間をかける必要のある工程を、ラティナは魔法により一瞬で行うことが可能だった。

魔法使い向きの調理ともいえる。

普通の『魔法使い』に、わざわざそんな依頼《いらい》を出すこともないのだが。

何度か凍らせるのとかき混ぜる工程を繰り返し、目的のふわふわしたシャーベットを作り出すと、ラティナはいそいそと店へとそれを運んでいった。

「リタ、おしごとごくろうさま。きゅうけいしてね」

「ありがとう、ラティナ」

カウンターの定位置で書類と格闘していたリタは、暑さでバテ気味だ。窓と扉《とびら》を開け放っても風が通るとは限らない。

しかもこの店の客層は、見るだけで暑さが倍増する男連中ばかりである。この商売に生まれた時から接しているリタとはいえども、辛《つら》くなるときだってある。

ラティナ謹製の冷たい菓子を口に入れて、素直にリタは幸せそうな顔をした。

「あー……美味しい。ケニスに頼んでもたまにしか作ってくれないのに。ありがとうラティナ。本当に美味しい」

「どういたしまして」

自分の分を口にして、ラティナもその出来に笑顔《えがお》を浮《う》かべる。

「でもね、ケニスのつくったほうがおいしいの。なんでかな」

「ケニスもまだラティナには、負けられないからね」

むう。と少々不本意そうな表情をしたラティナに、リタは笑いながら答える。

「ケニスも頑張《がんば》っているのよ？」

「んー？」

リタの言葉にラティナは不思議そうにしているが、ラティナがこの店に来るまで、ケニスが菓子を作ることなどほとんどなかったのだ。

今では、ちょっとした菓子店でも開けそうなほどにレパートリーを持っている彼が、ラティナのためにせっせと新しいレシピ開発に勤《いそ》しんでいることを、妻であるリタはよく知っている。

涼しい顔をして見せているが、このちいさな少女の尊敬の対象であるために、日々の努力を欠かしてはいないのだ。リタもそんな子どもじみた負けず嫌いな行動を、正しく自分を向上させる機会に昇華している夫のそんなところが嫌いではない。

「ラティナは好き嫌いはあまりないわねえ。でも辛い物は苦手かしら？」

「からいの、はふはふってかんじになる。コショウのからいのは、ちょっとはだいじょうぶ」

以前デイルが食べている辛い味付けの料理に興味を持ったラティナが、一口食べて大変なことになったのだ。

顔を真《ま》っ赤《か》にしてコップの水を一気に飲み干したが、それでも収まらず、水を取りに全速力で厨房《ちゅうぼう》に駆けこんで行った。だが、彼女も大いに動揺《どうよう》しており、魔道具で水を出したのはいいが、器《うつわ》を用意していないことにその時になって気付いたらしく、後から追いかけた大人たちが見た時には、流れる水を前にぐるぐる回っているラティナの姿がそこにあった。

可哀想《かわいそう》だが、笑えた。

「一番好きなのは何？　たまご料理かしら？」

「ラティナたまごすき。とろとろしてるほうが、もっとすき。チーズやクリームのそーすもすき」

ラティナがここに来た当初、ケニスは栄養豊富で食べやすいたまご料理をよく彼女に出した。

その影響が大きいらしい。

「パンがとろとろになってるのもおいしいけど、オムレツもおいしい」

フレンチトーストは、今でも彼女の定番の朝食メニューだ。

「ラティナは故郷ではどんなもの食べていたの？」

「んー？　〝＊＊＊〟とか、〝＊＊＊＊＊〟だよ」

該当《がいとう》する単語がなかったのか、ラティナから出たのは故郷の言葉だった。

「……えーと。……どんな味なの？」

「えと、ねー……あんまり、あじなかった。それぱっかりだったから、ケニスのごはんびっくりしたの。いろんなのが、いっぱいおいしいの」

リタが言葉を失ったことも気に留めず、ラティナはにっこりと笑顔になった。

「だからね、ラティナ、おいしいごはんつくれるようになりたいの。おいしいごはん、しあわせなんだよ」

†

「この季節に黒のロングコートなんて、本当、俺馬鹿《おればか》なんじゃないかって毎年思う」

「それを、フルプレートメイル装備の重戦士の前で言ってみろよ」

冒険者《ぼうけんしゃ》として、今日も魔獣討伐の依頼をこなしていたデイルが、『踊《おど》る虎猫亭《とらねこてい》』に戻ってきて早々に、ぐったりした様子で言う。ケニスはグラスに冷たい水をなみなみと注いでやりながら、呆《あき》れた声で答えた。

デイルのコートは魔力を帯びており、並の鎧《よろい》よりもはるかに軽量の上、防御力にも秀でている。刃《やいば》を通さぬ素材で編まれた上衣と組み合わせれば、充分にその身を守ってくれる優れた防具だった。

だが、それでも夏場は暑い。暑いものは暑い。

「デイル、おかえりなさい。つめたいの、たべてね」

「ん、ただいま、ラティナ。あんがと」

ころりと今までの不機嫌《ふきげん》そうな表情を引っ込めて、デイルは微笑んでみせる。ラティナはお盆《ぼん》の上に氷菓をのせていた。

「……最近、ラティナよくこれ作っているけど、魔法使いすぎて疲《つか》れたりしねぇのか？」

魔力の消費は目に見える形では現れない。疲労感や倦怠感《けんたいかん》といった形で自覚することが出来る。魔法を使いすぎれば、そのうち魔力を練ることも出来ないほどに集中力を失う。昏倒《こんとう》することもあるので、自分の魔力消費の限界を見極《みきわ》めることは、特に戦場では重要な事項《じこう》だった。

そのためにデイルは器を受け取りながら尋ねたのだが、ラティナは、こくん。と頷《うなず》いた。

「だいじょーぶだよ。なんかいかやったら、ちょっとのばしょだけできるの、やりかたわかったよ」

「……そうか」

彼が、普段《ふだん》ラティナに見せるのとは異なる真剣な顔つきであることに、ケニスが不審《ふしん》を抱く。

「デイル、どうした」

「いや……魔人族ってのは、皆《みんな》これだけ魔力の制御に長《た》けているのかね。……ラティナ、もう範囲指定の制御をマスターしているみたいだ」

「……そんな凄いもんなのか」

ケニスは純然たる重戦士であったために、魔法の扱い自体には精通していない。

「理論も修めていない子どもだぞ？　実践を経《へ》た後、経験則で魔法の効果範囲を絞って、魔力と威力を効率化して使っている。……確かに『そういう事が出来る』ってことは教えたけどさ、やり方を教えたわけじゃねぇ」

ケニスがまじまじとラティナを見ると、彼女は不思議そうに見返してきた。

「呪文式もさ、俺が教えた簡易式じゃなく、元々知ってた治癒魔法の呪文式に当てはめて精緻な術式を組んでる。本来なら、制御の負荷が大きくなるはずなんだけどな」

「デイルおしえてくれたから、ラティナおぼえたよ？　まえは、ぱぁーっ。って、いっぱいまりょくひろげてたの。いまは、ここっ。って、まりょくそこだけにつかうの。らくちんになったよ」

「……ほら、な」

「そうだな。天才肌なのかもしれないな。元々ラティナ、何でも覚えるの早いものな」

「そうなのか？」

デイルの反応に、ケニスは何を今更《いまさら》という顔になる。

「料理も掃除《そうじ》も、最近は針仕事とかもだな。ラティナは一度教えただけで飲み込みが凄い早い。むしろこんなに何でもこなせる子が今まで何もできなかったって環境《かんきょう》にあった方が、不思議でなんねえな」

「え？」

「だってそうだろう？　こんなに覚えの早いラティナが、なんで今の今まで魔法も家事も碌《ろく》に教えてもらった形跡がないんだ？　この子なら『教えなくても出来て不思議はない』のにさ。いくら違う種族だからって、そんなに大きな違いは出ないだろうに」

彼女はこの店に来た当初から、自分の身の回りのことが出来ていた。だがそれに反して、他のことは圧倒的《あっとうてき》に出来ることが少ない。ケニスは、ナイフの握り方や雑巾の絞り方を、丁寧《ていねい》に一から教えたのだ。

魔人族だからといって、そういった生活に関《かか》わる動作に大差があるとは思えない。

「そうだよな……」

言われてみればその通りなので、返す言葉はない。

大人たちに見つめられて、ラティナは、こてん。といつものように首を傾げた。

「なぁに？」

「何も教えてもらえなかったような環境にいたか、自分で何もしなくても良かったような環境にいたか……だな」

「ん？　ラティナのこと？」

「ああ。ラティナは、生まれたところではこういう風に何か教えて貰ったりはしなかったのか？」

「んー……ラティナはね。まだきまってない。だったの」

よくわからない返答がラティナから戻ってきて、今度は大人たちが首を傾げた。

「何が『決まってなかった』んだ？」

「ラティナもよくわかんない。でもね、リッ……ううん。ラティナなにもしらない」

何かを言いかけて、はっと両手で口を押さえたラティナは、そのままぷるぷると首を振《ふ》った。

こうなってしまえば、この子はこれ以上口を割ることはないだろうと、ケニスとデイルは目配せし合う。

このちいさな子は、こう見えて結構頑固なのだ。

6 ちいさな娘、その『事件』。

どうして様子を見に行ったのか、と尋《たず》ねられたならばケニスは返答に困っただろう。

その直前に見たラティナの顔色がひどく悪く、心配になったという事が大きい。

だから、普段なら聞き逃してしまうような、小さな異音に気付くことが出来たのだろう。

あの時デイルは、気付いていた事実に口を噤んだ。

ラティナを傷つけたくないという思いから出た行動ではあった。

それは逆に言えば、彼女《かのじょ》が傷つく事実であるということを、充分承知していたと言うことでもある。保護者であるならば、彼女の保護者を名乗るならば、目を背けるべきではなかった。

ラティナはとても賢《かしこ》い少女だ。

だが、まだとても幼い少女だ。考え方も、感情も、未《いま》だその賢さに見合うほどには成長していない。

兆候はあった。

事前に止めることが出来れば、確かに『ベスト』だった。

小さくても、確実に動き出した。――この出来事は、彼女の運命を決定づけた、小さくはあるが確かなきっかけだった。

クロイツは秋を迎えていた。

†

ラティナは友人たちと共に、街の中心部にある『黄の神《アスファル》』の神殿《しんでん》に併設されている学舎に通い始めていた。

『黄の神《アスファル》』は学問を司る神。クロイツのようなある程度大きな街には、どこでも神殿があり、就労前の子どもたちに最低限の教育を行うことを担《にな》っている。

クロイツの場合は、八歳になる年の秋からの二年間がそれに充てられている。

ラーバンド国の識字率は、街住みの者に限れば悪くはない。

商売人などに限らず、街中で『情報』は文章で示される。労働者たちや冒険者たちにとっても必要な能力だった。

「ラティナ、なんか元気ないか？」

「ううん。だいじょーぶ。げんきだよ」

学舎に行く準備をしながら、どこか沈《しず》んだ表情をしたラティナの様子に、デイルが不審な顔をする。

だが、ラティナはすぐに表情を取り繕い、笑顔を作った。

彼女は学舎に通い始めた当初は、毎日本当に楽しそうにしていた。

『新しいことを学ぶ』ということ自体が楽しいのだと、デイルにも弾んだ様子で報告していたのだった。

それがここ数日変だった。

ぎゅっとラティナを抱きしめると、彼女は不思議そうな顔をした。

「最近……学舎で何か変わったことでもあったのか？」

びくん。と、ラティナの体が小さく跳《は》ねた。

下を見て、ちいさな声で答える。

「……あたらしい女の先生がきたよ」

「何かそいつとあったのか？」

「ううん。みんなは、まえの先生のほうが、べんきょうおもしろいって言ってるけど、それだけ」

『それだけ』とは、とても思えないラティナの様子にデイルは眉《まゆ》をひそめる。だが、なかなかに頑固なラティナの口を割らせることは容易なことではない。

「ラティナ。心配かけるのは悪いことじゃないからな。俺は本当にお前が大切なんだから……ちゃんと甘《あま》えてくれよ？」

「デイル……だいじょーぶ。ラティナ、ちょっと先生のこと……こわいだけだから」

——この時に、もっと気にかけるべきだった。後になってデイルはそう思った。

『踊る虎猫亭』で暮らし、荒くれ者の冒険者たちと接する時でさえ、笑顔を絶やすことがなく、臆することもないラティナが、『怖がる』ことの意味を考えるべきだった——と。

さらに数日が過ぎ、ラティナはますます沈んだ様子を見せていた。

友人たちと過ごす時間は楽しいらしい。新しい友人も出来たのだと言う。毎日そう報告していた。

だが、ラティナは『先生』の事にだけは触《ふ》れようとしなかった。

彼女自身が、苦手に思い避《さ》けているのかもしれない。

そんな風に大人たちが思っていた矢先のことだった。

真《ま》っ青《さお》な顔をして、ラティナは帰って来た。

酷《ひど》い様子だった。

いつものように出迎《でむか》えたケニスが声を失うほどに。

倒れてしまうのではないかというほどに、顔色は悪く、服や髪《かみ》が乱れて、片方の飾り紐《リボン》はほどけかけていた。

けれども、それ以上にケニスが胸を突かれたのは、彼女の表情だった。

途方《とほう》に暮れたような。

大切なものをすべて失ってしまったような。

ラティナの『絶望』した表情に。

——ケニスが初めてラティナと出会った時から、この子は笑顔を見せていた。

森の中で唯一《ゆいいつ》頼りにするべき肉親を喪《うしな》い、それでも独りで生きていた少女。

大人でも耐《た》えることが出来ないような、幼い彼女が背負うべきではないような、辛く悲しい苦しい思いを抱《かか》えていて、それでもラティナは笑っていたのだ。

そのラティナが、心の奥《おく》の方に隠していた『柔らかい部分』を表に出している——咄嗟《とっさ》に思ったのはそんなことだった。

「ラティナ……？　何があった？」

ケニスの声に、ラティナは大きくビクリと震え、泣き出しそうにはっきりと顔を歪めた。

けれども。

「……なんでも、ない」

絞り出すような声でそう答えると、ラティナはくるりと背中を向けて階段を昇って行った。

——デイルだったら、四の五の言わせずに彼女を抱きしめて、体も心も満たされるまで甘やかし倒したことだろう。傷付いた理由なんて二の次で、過剰なほどに愛情を注いだことだろう。

仕事で他出していなければ、デイルはそうしていたに違《ちが》いない。

ケニスではなくデイルが出迎えていれば、違う結果となっていただろう。

頭上から、『異音』としか言いようのない音をケニスが聞いたのは、それからそれほど時間を経なかった後のことだ。

過去、耳にした覚えのない鈍《にぶ》い音。

空気が重く震えた気がした。

ただただ不吉な予感のする音だった。

反射的にケニスは階段を駆け上がった。

二階を抜け、屋根裏に上がる。

そこに、ラティナが倒れていた。

窓から差し込む光だけでは、屋根裏《こ こ》は薄暗《うすぐら》い。

彼女に何が起こったのか、一瞬《いっしゅん》わからなかった。

一歩近付いて、ケニスはラティナの頭が血溜《ちだ》まりの中にあることに気付く。白金の髪が、鮮血に染まっていた。

「ラティナっ！」

元の稼業上、血も怪我《けが》も見慣れているケニスがそれでも動揺したのは、この場にいるのが『ラティナだけ』だからだ。これは『ラティナ自身』が行ったことになる。

ケニスは近くの汚《よご》れていない布――デイルの部屋から持ってきた――を彼女の『傷口』に押し当てながら、彼女を抱き上げ、階段を駆け下りた。

見る間に布が赤く染まる。

押さえたくらいでは、出血は弱まることすらなかった。

一刻も早く回復魔法をかけるか――もしくは、彼女の『傷口』を焼き塞ぐことくらいしか方法が思い浮かばない。

ラティナは、自分で、自分の、残っていた『角』を折っていた。

『魔人族』の象徴《しょうちょう》でもあるその部位には、血管も神経も通っている。見た目の硬い無骨な印象に比べて、繊細な器官だった。

損《そこ》ねれば、激痛に襲《おそ》われるし、大量に血も流れ出てしまうのだ。

意識のないラティナはぐったりとしたまま動かない。

ケニスは『踊る虎猫亭』の店内へと、ラティナを抱いたまま駆け込んだ。

鬼気迫るケニスの様子に、店にいたリタや、雑談中の常連がぎょっとする。

「どうしたの、ケニ……」

「こんなかに、回復魔法使える奴《やつ》はいるかっ⁉」

ケニスの言葉の意味を理解するのと、ケニスの腕の中のラティナが血の色に染まっていることと。気付いたのは、どちらが先だっただろうか。

「ラティナっ⁉」

「嬢《じょう》ちゃんが怪我したのか？」

リタが悲鳴を上げた。気の強い彼女らしくないほどに血の気が失《う》せている。

髭面《ひげづら》の常連客は、がたんと椅子《いす》を蹴って立ち上がると、自分の連れを前に押し出した。

ケニスの下に駆《か》け寄《よ》った初老の男は、ラティナの頭へと手のひらを向ける。

「俺の魔法じゃ、たいしたことは出来ないぞ」

「構わん。とにかく血を止めてくれ」

癒《いや》しの魔法が行使され、止まらなかった血の勢いが弱まる。

ケニスはその間にリタの方を向いた。

「念のため『藍の神《ニーリー》』の神殿の治療院に連れていく。デイルが帰ってきたら、そう伝えてくれ。酒場《みせ》は今日《きょう》は休みだ」

「わ、わかったわ。……ケニスっ、ラティナに何があったの?」

「俺にも詳しいことはわからん。とにかく、今は治療が先だ。行ってくる!」

ラティナを抱え直し、ケニスは『藍の神《ニーリー》』の神殿の方へと全力で走り出した。


——後になって知ったことだ。

ラティナには、『自分を害する存在』を漠然と察する能力があるのだという。『あの森』の中で、幼いラティナが独りで生きることの出来ていた理由だった。

——毒を含《ふく》む動植物も多い中で、彼女は『食べても大丈夫』なものだけを、見分けることが出来ていた。

——自分に危害を加える獣《けもの》が近くに来る前に、身を隠《かく》すことが出来ていた。

——デイルと出会った時に、彼《かれ》は自分を害したりしないと感じていた。

すべては、無意識下の、その能力の為《な》せる業であったのだ。

――ラティナは『本能的』に自分の『敵』を見抜く。

彼女のその『本能』は、今回も正しく働いていたのだった。

†

デイルが『黄の神《アスファル》』の神殿に向かったのは、『事件』が起こった三日後のことだった。

いつもの革のコートでも普段着のシャツでもなく、上等な黒の衣を着ているのは、それもまた彼にとって『戦闘服』であるからだ。

首から『聖印』を下げているのも、普段の彼にはない装いだ。

だいぶ凝《こ》った造りの複雑な意匠《いしょう》の『聖印《それ》』は、神殿での地位を示すものだ。加護を戴《いただ》く主を示すだけではない。神殿での身分に応じて使う材質も厳格に定められている。見る者が見れば、これだけで、彼は『神殿』でかなりの地位に在ることがわかるだろう。

このクロイツの街の『黄の神《アスファル》』の神殿を任されている年配の女性司祭も、彼のことは知っている。

現宰相である公爵閣下と深いつながりを持つ冒険者。

だが、『神殿』は、国家権力からは切り離された、治外法権の認められた独立した機関となっている。

ラーバンド国内にあるとはいえ、王家や公爵家から命を受ける筋合いはないのだ。

現実的には難しいとはいえ、少なくとも建前の上ではそうなっている。

デイルもそれは知っている。

だからこそ彼は、今日は『公爵家子飼いの冒険者』としてではなく、『高位神官位を持つ者』として、『黄の神《アスファル》』の神殿を訪《おとず》れていた。

彼は本来、自分が『加護』を持つことを吹聴《ふいちょう》して回ることを好まない。好き好んで持って生まれた能力ではないという感情があるためだ。

デイルの持っている『加護』――神が脆弱《ぜいじゃく》なる『ひと』に与える奇跡のちから――は、『黄の神《アスファル》』のものではないのだが、他神のものであったとしても、『神の加護』を持つ者を各神殿は邪険《じゃけん》に扱《あつか》うことは出来ない。

神々は全《すべ》て対等であり、共に並び立つ存在であるのだから。

しかもデイルの『加護』はかなり高位のものだ。地位と加護の強さはイコールではないが、神という畏敬するべき存在に仕える者として、神の寵愛《ちょうあい》の証ともいうべき加護の強さもまた、畏怖すべき指針となる。そして『加護』の力の強弱がわからない『神官』はいない。よほど下位の雑用のために雇われている者でもない限り、神殿にいる者は全て『加護』を持っている。

元々『神殿』という組織の発端は、『加護』という異能を持つ者たちを囲い込み、守るための施設《しせつ》として設立されたのだ。『神官』とは、『加護』を持つ者だけに許された職業なのである。

「何故、俺がこの場を訪れているのか。改めて申し上げる必要はないでしょう。事の次第《しだい》を伺《うかが》う権利が、俺にはあると思うのですが」

「ええ……はい。そうですわね」

責任者《トップ》である彼女のもとにも報告は上がってきている。

眼前の青年が後見となっている『魔人族』の少女が、この秋からこの神殿が運営している学舎に通っているということ。

そしてその少女に。

この神殿の『神官《教師》』が行った愚行についても。

「俺は本来、どんな主義主張を掲げ《かか》ていても、そのことを否定するつもりはないんですがね。『人間族絶対主義』者も、珍《めずら》しいものではない。……けれど、このクロイツという都市に暮らす者に対して主張するには、だいぶ狭量な見解を述べるのだなと思うのですが」

「……仰《おつしや》るとおりですわね」

「旅人と流通で成り立つこの街では、どんな職業の者も他種族との関わりが深い。そんな当たり前のことを、まさか『黄の神《学問》』に仕える方が知らないはずもないでしょうに」

デイルには、表面上は怒りの感情はない。

だが、彼はこんな風に感情が凪《な》いで見えるときほど、底知れぬ恐ろしさを感じさせる男だ。初対面である司祭《かのじよ》も、背中に嫌《いや》な汗が伝うのを感じる。

巨体《きよたい》の怪物や魔獣を屠《ほふ》る覇気など、いくら高位の神官であっても、そうそう体験する機会のあるものではない。

「子どもたちを前に、『魔人族』という『種族』を愚弄し、謂《いわ》れのない暴言をご高説下さったそうですね。それが最近の『黄の神《アスファル》』の見解なのですか？」

「……『彼女』は魔人族の生活区域と隣接《りんせつ》する土地の生まれで……親族を彼等《かれら》とのいさかいで喪っているのです。そのため……」

「そのためなら、何の罪もない少女を『化け物』と罵倒しても構わないというのが、『神殿《アスファル》』の言い分なのですか。新しい解釈《かいしやく》ですね」

「いいえ、とんでもありません……」

額の汗を拭いながら、司祭《かのじょ》は言葉を探す。

今の一言で、もうすでに眼前の青年は、『何が起こったのか』一部始終を知っているのだということを示していた。

デイルが、ここに来るまでの三日を無為に過ごしていたはずもない。

ラティナの容態が心配で、離《はな》れたくなかったというのも勿論《もちろん》ある。だが彼は同時に彼女の身に何が起こったのかを一通り調べていた。

ラティナの友人たちに話を聞いただけではない。情報収集の専門家であるリタの協力を得て、更《さら》にクロエの母などから市井《しせい》の噂《うわさ》も集めた。集めた情報を照らし合わせて検討し、裏付けもとっていた。

その情報から、デイルは一連の出来事をかなり正確に捉《とら》えていた。ラティナのことに関しては、かなり感情的になる印象の強いデイルだが、彼は怒り狂っているからこそ、頭の芯は冷えていた。そうでなければ『一流』と呼ばれる域に達することはない。

『事件』は、このようにして起こったらしい。

ラティナたちの教鞭《きょうべん》をとっていた女神官は、ついこの間、隣国と接した街から赴任してきたばかりだったそうだ。

子どもたちは彼女のことを「いつもキンキンしているひと」と称していた。当人にそのつもりはないのかもしれないが、子どもたちはそういった面は敏感で、言葉を飾ることもしない。

ラティナは当初から、その女神官から距離《きょり》を取っていたそうだ。前任の教師を務めていた神官には彼女はよく懐いていたし、ラティナが誰《だれ》かにそんな態度をとること自体が今までなかったことだ。

仲間たちも、警戒《けいかい》はしていたらしい。

——そしてあの日。

その女神官は、ラティナの『角』に気付いた。

「『魔人族』……」

低く呟《つぶや》いて、ラティナの髪を掴《つか》んだ。飾り紐《リボン》に隠れた彼女の艶やかな角が露《あら》わになると、憎々しげに言葉を吐《は》いた。

「何故《なぜ》、『ひと』の街に、忌々しいお前のようなモノがいるのっ！」

「っ！　ものって……」

「『人間族』以外の『亜人』が、『ひと』であるはずがないでしょう！」

いかにも当然のように言い放つ。

呆然《ぼうぜん》と言葉を失ったラティナに、更に毒に塗《まみ》れた言葉を放った。

「異形にして、百年以上も同じ姿で生き続ける『化け物』が、『ひと』であるはずがないでしょう」

自分の言葉が何一つ間違っていないと信じ切った顔で、女神官は、この状況《じょうきょう》に困惑《こんわく》する子どもたちに高らかに告げた。

髪を掴まれたまま、動くことも出来ないラティナを、獲物《えもの》を見せびらかすように前に突き出す。

「『人間族』以外の亜人は『ひと』ではありません。このように、異形の証を持ち、命の在り方すら『ひと』と異なる化け物です。皆さん、騙《だま》されてはなりませんよ！」

――『人間族』は、比率において圧倒的に多数を占《し》める種族だ。そのためか、時には『閉鎖的《へいさてき》な種族』以上に『閉鎖的』な思考の者も少なくはない。

『人間族』こそ、唯一の『ひと』であり、他種族を『亜人』と呼ぶ、『人間族絶対主義』と呼ばれる考え方も悲しいことに少数派とは言い切れないものがある。

だからそういう意味では、女神官《かのじょ》は、自分の主義主張を述べただけとも言える。

だが、『クロイツ』《このまち》では、それこそ異端だ。

子どもたちの心によぎった嫌悪にも気付かず、更に喚《わめ》きたてる。

「特に『魔人族』は、『魔王《まおう》』に連なる邪悪《じやあく》にして卑劣なるイキモノ！　決して油断をしてはなりません。このように素性《すじよう》を隠して、『ひと』の街に紛れ込んでいるのが何よりの証拠《しようこ》なのですから！」

「きゃあっ！」

さらに髪を強く引かれ、顔色を真《ま》っ青《さお》にしたラティナが悲鳴を上げたのが合図だった。

クロエが全力で机の上の石版――各生徒たちが筆記のために使っている黒板状の物――を投げつけた。

女神官に当たりはしなかったが、壁《かべ》に叩きつけられたそれが大きな音をたてて砕ける。

「何をするのです！　危険な！」

クロエの行動に気を取られて、女神官の手が緩《ゆる》んだ。ラティナがぺたりと床《ゆか》に座り込む。

アントニーとマルセルが、目配せし合うと、ラティナを助けに行くため動き出した。

その瞬間《しゅんかん》、ルディが机を蹴った。

三人掛けの大きな机は、子ども一人《ひとり》の力では、少し揺り動かすくらいが限界であったが、女神官《そのおんな》の気を引くには充分《じゅうぶん》だった。

「やめなさい！　何てことをするのです！」

喚きたてる姿に、教室の子どもたちに嫌悪だけでなく、恐怖《きょうふ》が広がる。

目を吊《つ》り上《あ》げて金切り声をあげるその女の姿と、皆の仲の良い友人である可憐《かれん》な少女が、泣きそうな顔で蹲《うずくま》る姿。

子どもたちにとって、どちらが『化け物』か、比べるまでもないことだった。

ルディが再び机を蹴ろうとした瞬間、クロエがタイミングを合わせて反対側の端を蹴る。

今度こそ大きな音をたてて、机は床に倒れた。

「やめなさい！　やめなさい！」

一度コツをつかんだ二人《ふたり》によって、次々倒されていく机に、ますます大きな金切り声が上がる。子どもたちの何人かが泣き出した。その声にさえ苛立《いらだ》ったように更に叫《さけ》ぶ。

「やめなさい！　やめなさい!!　やめなさい!!」

激しい物音と尋常ではない様子に、他の神官たちが駆けつけて見たものは。

嵐の後のような教室の惨状と、怯《おび》え、泣きじゃくる子どもたち。

それに中央で鬼の形相で喚く『自分たちの同僚』と、その『同僚』から、真っ青になった少女を庇《かば》い、睨みつけている子どもたちの姿だった。

「せんせえ……」

駆けつけてきた神官たちに教室の外に連れ出されている最中も、見苦しいほどに喚きたてている『教師という立場であったはずの女』を見送りながら、ついこの間まで自分たちの担当教師であった神官を呼び止めたラティナは、酷い顔色だった。

「何がちがうの？　ラティナ……『まじんぞく』は、みんなと何がちがうの？」

「……ラティナさん。違うことなんて……」

「いのちがちがうって何？　ひゃくねんいきるって、何？　……みんなとちがうの？」

悲痛な声に、神官《そのひと》は、眉を寄せ悲しそうな顔をしたが、言葉を偽ることはしなかった。

膝《ひざ》を折り、ちいさなラティナと視線を合わせる。

「……『人間族』と『魔人族』の最大の違いは、外見上のものではありません。『魔人族』は『人族』の中でも長寿《ちょうじゅ》な種族です。『人間族』の倍以上の、長い年月を生きる種族なのです」

ラティナの灰色の眸《ひとみ》が大きく開かれた。

正しくその言葉の意味を理解してしまうほどには、ラティナは賢い少女だった。

衝撃を受けた様子を隠さず、ラティナは帰路についた。心配する友人たちの声も届いていない様子だった。

――そして、自分の魔法で、自ら『角』を折ったのだ。

デイルが帰宅し、事件のことを知った時には、ラティナの治療は済んだ後だった。

『藍の神《ニーリー》』は、『生と死』を司《つかさど》る。そのため『藍の神《ニーリー》』の神殿は、医療技術や病理学、薬学等を研究している機関となっていた。またその研究成果を、治療院を設けるという形で市井の人々にも還元している。

ケニスは、この治療院にラティナを担ぎ込んでいた。

幸いにも命に別状はなかった。発見が早く、初期手当が良かったことが功を奏した。いくら『魔人族』が頑強《がんきょう》な種族といえども、未《ま》だ幼いラティナのちいさな体から、大量の出血があれば取り返しがつかないことになるところだった。

治療院に駆けつけたデイルの前では、血の気を失った白い顔のラティナが、寝台に横になっている。

意識は取《と》り戻《もど》していたが、どこか虚《うつ》ろな、生気のない眸が、他人の気配にゆっくりと動く。

息を乱しながら呆然とこの場に立ちつくす彼の姿に、灰色の眸が揺らめいた。

「……デイル……」

かすれた声で、ゆっくりと、彼の名を呼んだ。

ラティナが自分の名を呼んでくれたことにほっとしながら、デイルは寝台の端に座り、身をかがめる。

「ラティナ……どうして、こんな……？」

震える声で呟きながら、ラティナの頬《ほお》に手を滑《すべ》らせると、彼女は表情を歪めた。

「うっ……うぁっ……あっ……」

意味を為さない声を発して、ぼろぼろと涙《なみだ》をこぼす。

「ラティナ……痛むのか？」

気遣わしげな声に答えることはなく。

デイルの手を、ぎゅっと力を込めて握《にぎ》り、泣きじゃくる。

嫌々《いやいや》をするように首を振った。

「いらないのっ……いらないの……」

泣き声の合間に聞こえたのは、そんな慟哭《どうこく》だった。

「ラティナ?」

「『まじんぞく』のあかし、なんて、いらないいっ……ラティナ、『角』なんて、なければよかったっ!」

ラティナの言葉に戸惑うデイルは、この時まだ、彼女の身に何が起こったのかは知らなかった。

だが、尋常ではないラティナの様子に、迂闊《うかつ》に叱責などはしてはならないのだと察する。

「ラティナ……ラティナ。どうしたんだ? 何があったんだ?」

「やだよぉ……どうして、なのっ? 何でラティナ『まじんぞく』なのっ? ラティナ、『まじんぞく』のばしょでくらせないのに……『まじんぞく』はラティナのこと、いらないのにっ……ラティナのこと、大事にしてくれたの、いてもいいって言ってくれたの『人間族《みんな》』なのにっ……」

これほどに錯乱したラティナの姿は初めてだった。

それまで自分の本心や弱音を、デイルの前では隠す傾向《けいこう》のあったラティナの悲痛な叫びが病室内に響《ひび》く。

「何で、ラティナのじかんだけ、ちがうのっ?

みんながしんじゃったあとも、ラティナだけ……ひとりだけのこされるのなんて、いやだよぉっ……」

その叫びに、デイルはラティナが何を知ったのかを理解した。

彼女は、『魔人族』と『人間族』は、寿命《じゅみょう》という『生まれ持った時間の長さ』が異なることを知ったのだと、直感したのだ。

「やだよぉ……やだよ……ラティナ、何で、何で……？　『まじんぞく』じゃなければよかったっ……

みんなといっしょにいられないなんて、いやだよぉ……

デイルとも、ともだちとも、ラティナずっといっしょにいたいのにっ……

もう、ひとりになりたくないのに……ラティナだけ、のこされるなんて、もういやなのにっ……

みんなのいないいじかんで、ひとりぼっちになるのは、もういやだよぉ……」

――ラティナが傷つき、絶望したのは、直接向けられた『悪意』ではなかった。

『事実』――覆ることのない『種族の差』という『事実』だった。

デイルは以前、この『事実』を彼女に告げなかった。

『人族』の中で、『閉鎖的』な傾向のある『種族』の共通点は、『長寿種』であること、だ。

命の時間の長さが違うということは、大きな価値観の違いを生じさせる。

『人間族の十年』と『魔人族の十年』は、体感時間も価値も異なるのだ。

もとより持つ物の絶対値が異なる以上、歩み寄るのが難しいこともある。

「ラティナ……ごめんな……」

謝るということは、正しくはないだろう。それでも咄嗟に口をついて出たのはその言葉だった。

泣きじゃくるラティナを抱《だ》き上《あ》げて、しっかりと抱きしめる。

柔《やわ》らかなラティナの髪に頬を寄せて、まだかすかな血の跡を残す彼女の『傷口』を指先で撫《な》でた。

「苦しめて……ごめんな、ラティナ……」

ぎこちなく、それでも優しく、背中を撫でる。

息をするのさえ苦しそうに、そのちいさな体で、全力で嘆き、泣いている少女の苦しさが、ほんの少しでも癒えるように。

デイルがラティナの身に起こったことを知ったのはその後だ。

自分が先送りにしたために、彼女が『最悪のタイミング』で、種族の差という『事実』を突き付けられたことを。

†

彼女が自らの体を傷つけたのは、彼が教えた攻撃魔法《こうげきまほう》であったこと——ラティナは、その類稀《たぐいまれ》なる卓越した制御技術で、本来ならばこけおどし程度にしかならない威力の攻撃魔法を、一点のみに集束し、見事に角を砕いて見せたのだ。——その事実を。

——だから、これは半ば八つ当たりだ。

彼は『自分自身』にも、苛立ちと腹立たしさを抱いているのだから。

デイルはそう思いながら、目の前で汗を拭いている初老の女性司祭をまっすぐに見つめた。

自分でも冷ややかであることを知っている『笑顔《えがお》』を作る。

「噂では『以前いらしていた街』でも似たような『事件』を起こされていたそうですね」

司祭の顔色がますます悪くなる。

この街《クロイツ》の者が知らないはずの情報だ。無理もない。

誰を敵に回したのか。肝に銘じてもらわなければ困る。こちらには情報の専門家がおり、デイルは情報を請求するだけの権力も備えている。公爵以外のルートからでも、こんな街の一司祭程度なら抗《あらが》えないような圧力を掛けることだって可能だった。

「『妖精族《エルフ》』相手に事を起こしたとか？　あの街は確か『妖精族』と交流が深く、『妖精族』の『唄』目当ての観光事業が街の主産業だったはずですが？　『妖精族』が公演をボイコットする騒ぎになったそうですね」

だから慌《あわ》てて、遠いクロイツの街へと転属させたのだ。

その街にいられなくなったから。

そして予定外の人事異動に、クロイツの街の『黄の神《アスファル》の神殿《しんでん》』も、大混乱に陥った。

ラティナたちの担当が変わったのもそのためだ。

『その街』の騒ぎを鎮めるために、クロイツの高位神官が代わりにそちらの街に赴《おもむ》くことになった。その穴を埋《う》めるために、ラティナたちの担当だった神官が任を引き継いだのだ。

神殿の人々も、まさか大騒動を引き起こし、異動させられた直後に、また同じような真《ま》似《ね》をするとは思っていなかったのだった。

だが当の本人は『自分の主張は間違っていない』と心の底から思っている。反省などするわけがない。何故《なぜ》なら『間違っているのは、自分を糾弾する周囲』なのだから。

「我《わ》が『加護』に於《お》いて、『裁定』の行使を請求する」

「それは……」

デイルが厳かに告げた言葉に、司祭《あいて》が息を呑《の》む。

彼の要求は、高位神官に認められている『権限』だった。どの神の神官が、どの神の神官相手に行うことも、可能とされている。

本日の彼が、聖印なんてものを携えて、正式な神官の一人として赴いた最大の理由だ。

「『身内《やから》』を庇いたい気持ちもわからなくはないがな。それでも、これだけのことを仕出かした輩を庇い続けるなら、それなりの覚悟《かくご》があるんだろうな」

デイルは鋭《するど》い一瞥《いちべつ》と共に釘《くぎ》をさすと、更に言葉を続けた。

「それが受け入れられないのであれば、『赤の神《アフマル》』の神殿経由で請求するまでですが。そうなれば、一連の事実を知りながら、黙認した他の神官《あなたたち》の責任も問われるとは思いますがね」

『赤の神《アフマル》』は、戦《いくさ》の神であり、調停と裁きを司る神でもある。

彼《か》の神殿は、各土地の法や権力を超えて、『裁き』を下す機関だ。

そこには無慈悲なほどに『適切な裁き』が下りる。

自分たちの非を理解している者には死刑宣告も同義だった。

――連帯責任で多くの者を罰《ばっ》せられるのが嫌ならば、大人《おとな》しく当の本人の首を切り、責任を取らせろ――デイルの要求したことを一言で言い表せば、そういうことであった。


――あのとき、あの病室の中で、泣きじゃくるラティナを抱きしめて、デイルは言った。

伝えたい言葉を、伝えなければならない言葉を、『保護者』であるならば、自分は今度こそ避けてはいけないのだと心に決めて、語り掛ける。

「……でもな、ラティナ。同じ『人間族』だったとしても、俺《おれ》はラティナより、きっと先に死ぬよ。……俺の方が年上だし、俺はいつ死んでもおかしくない『仕事』をしている」

その求めていなかった言葉に、ラティナは激しくもがいた。

彼の言葉を否定するように、認めたくないように、激しく頭を振《ふ》り、悲鳴に似た泣き声を上げる。

全身で「嫌だ」と叫ぶラティナを、デイルはしっかりと抱え込む。

逃がしたりはしないと、腕《うで》の中に捕まえる。

「でもな、ラティィナ。聞いてくれ。……俺はお前と出逢えて、本当に良かったって思ってる。限りのある時間の中で、お前と過ごせて良かったって思ってる」

彼女《かのじょ》の声に負けまいと声を張り上げながら、彼は思いを伝えようと言葉を尽くす。

彼女と出会った時から、自分の人生は大きな変革を迎《むか》えた。

心の底から感謝している。この優しく愛しい時間をくれたのは、自分が自分らしく在れるように肯定してくれているのは、紛れもなく、腕の中のちいさなこの子なのだから。

「俺はラティナと逢えて良かった。そのことは、絶対に後悔しない。……だから、ラティナも、俺と『出会わなければよかった』なんて、言わないでくれ……」

泣き顔のラティナがデイルを見上げる。声にならない声で何かを訴えようとする。しゃくりあげながら、それまでとは違う様子で首を振る。

「……ちが……ちがうのっ……ラ、ラティナ……」

何度も何度も咳《せ》き込《こ》み、喘《あえ》ぎながら、彼女は言葉を紡いだ。

「デイルと、あえて……よかったの……ほんとうに、そうなの……」

「ありがとう。ラティナ。……お前が、それだけ『別れ』がつらいと泣くのなら、それは俺たちが、お前にとって大切な存在であるということだろう？　俺は嬉しくも思っちまう」

「……うん。デイルはね、ラティナのとくべつなの。……そうなんだよ……」

泣き顔のラティナの頬に、キスを落としたら、彼女は驚《おどろ》いた顔をした。

泣き顔より、驚いた顔の方がずっと良い。

デイルは、悪戯《いたずら》が成功した子どものように微笑《ほほえ》んで見せた。しっかりとラティナと目を合わせる。

「俺はラティナと出逢えて良かった。……いつか死ぬ時が来ても、俺はきっとそう言えると思う。……だから、『その時』まで、一緒《いっしょ》にいような?」

「うん。……ラティナ、デイルとあえて、よかったよ……」

「大好きだよ」

「ラティナも、デイルのこと、いちばんだいすき……」

ほんのかすかにでも、微笑みを浮《う》かべてくれた彼女に、途方《とほう》もなく安堵《あんど》を感じた。

この子の笑顔のためならば、自分は今まで以上に、頑張ることが出来る。

そんな思いを、胸の内に抱きながら。

†

回復魔法の恩恵で、ラティナの傷口の処置はすぐに済んでいた。彼女がその後も治療院に留め置かれたのは、大量出血により体が弱っていたことと、彼女の精神状態が安定していなかったからだった。

デイルが『黄の神《アスファル》』の神殿に殴り込みに行った頃《ころ》には、ラティナはもう既《すで》に治療院は退院していた。その後も大事を取って、『踊《おど》る虎猫亭《とらねこてい》』で療養させていたが、これは彼女自身よりも、心配した大人たちがそうさせていたという面の方が強い。

クロエが訪ねてきたのはその時だった。

クロエはそこで初めて、ラティナがしたことを知った。

彼女は『事件』の後、ラティナがショックを受けて休んでいるのだと思っていた。それがまさか、自ら『角』を折るなんて――たくさん血を流して、下手《へた》をすればラティナが命を失っていたかもしれなかった――なんて思ってもいなかった。

その結果。

ぱちん。と軽い音が、屋根裏のデイルたちの部屋に響いた。

叩《たた》かれたラティナは、きょとんと目を丸くする。それに対して、叩いた当の本人であるクロエの方は、涙を浮かべていた。

ぼろぼろぼろと泣きながら、クロエはもう一度ラティナを叩いた。

男の子たちをも捻《ね》じ伏《ふ》せる普段《ふだん》のクロエを思い返せば、力が入っているとはとても思えない行為《こうい》ではあったが、ラティナは驚いて声も出ない。

クロエは今まで、ラティナを暴力から庇ってくれたことはあっても、暴力をふるったことなどなかったのだから。

「バカ！　ラティナのバカ！　何てことしたの！」

そして、暴力をふるった側であるクロエの方がずっと辛《つら》そうな顔をしていた。

「キレイな角だったのに！　そんなのあってもなくても、ラティナはラティナなのに！　それに……」

そして、ラティナはクロエが泣く姿を見るのは初めてだった。

男の子たちより勇敢で逞《たくま》しい『親友』の辛そうな顔に、ラティナも泣きたくなっていた。

「ラティナ……死んじゃうかもしれないこと……するなんて、大バカだよっ！」

とうとう声を上げて泣き出した親友《クロエ》の姿に、ラティナはようやく理解した。

自分が怖くて、恐ろしくて、仕方がなかったその感覚を、大切な親友《ともだち》に味わわせてしまったということを。

「ごめんなさいっ……ごめんね……クロエ……」

途中《とちゅう》から声がつまり、ラティナもまた大粒《おおつぶ》の涙をこぼした。

後は二人で抱き合って、声を上げてわんわんと泣くだけだった。

階段の下で、少女二人が泣く声を聞いたデイルは、そのまま踵《きびす》を返して階下へと降りていった。

ラティナに、こんな『親友』がいてくれて本当に良かったと思う。

今のところラティナの『いちばん』は自分だが、頑張らなければその座を守ることも難しいだろう。

学舎でクロエが率先してラティナを守ってくれたことも聞いている。『男前』な少女《かのじょ》だとつくづく思う。

この後、『保護者』と『親友』という大切な存在二人の前で、感情を出し尽くしたラティナは、憑《つ》き物《もの》が落ちたかのように、すっきりとした顔になった。

『事実』は覆ることはない。そのことは賢《かしこ》い彼女は充分理解している。だが、『受け入れたくない』という『感情』に振り回された結果であったのだ。

それもラティナは飲み込むことが出来た。

『受け入れたくない』と願う彼女の感情ごと、受け入れてくれる存在を実感したから。

「ラティナは、しあわせなんだよ」

ぽつりと呟いたラティナは髪《かみ》を下ろしている。

飾り紐《リボン》がない状態だが、その頭にはもう『角』はない。

よくよく見れば、髪に隠《かく》れた角の付け根が確認《かくにん》できるが、一目では、もう彼女が『魔人族』だと見分けるのは難しい。

「ラグがしんだとき、もうラティナもしぬんだとおもった。デイルが見つけてくれて、いっしょに来てもいいって言ってくれて、すごくうれしくて、リタやケニスもやさしくて、クロエたちにあえて、まいにちすごくたのしくて……ラティナ忘れかけてたの」

ぽすん。とデイルの胸に抱かれたラティナには、先日のような感情の高ぶりはない。

本当に賢い少女だと思う。

デイルに髪を撫でられると、静かに嬉《うれ》しそうな顔をした。

「しぬのは、お別れは、かならずなんだよって……ラグおしえてくれたこと。……ラティナずっとこのままがいいって、おもっちゃったから、お別れがこわくなったの」

「誰だって怖いさ。俺だって、ラティナが大怪我したって聞いて、心臓が止まるかと思った」

「クロエもね、ないてた。……だからね、ラティナしあわせだなっておもったの。クロエもね、ラティナとお別れしたくないっておもってくれてて、すごくうれしかったの」

ラティナはそう言うと、歳《とし》に似合わぬ大人びた微笑を浮かべた。

幼さが目立つが、それでも美しいと形容される顔に、幸せと感謝を込めて、デイルに微笑みを向ける。

「ラティナ、この街《クロイツ》にこれてよかった。みんなにあえてよかった。……ラティナが、今、しあわせなのは、ぜんぶ、デイルがラティナを見つけてくれたからだよ。ありがとう、デイル」

†

「ラティナにそんなこと言われて、俺、泣くかと思った」

珍しく薄められていないワインをあおりながら言うデイルのその言葉は、半ば自慢《じまん》のようでもあった。

ドンとつまみの皿を置きながらケニスは呆《あき》れた様子を見せているが、彼《かれ》もまた、ラティナの容態が安定し、落ち着いた様子を見せるまで、充分すぎるほどに混乱した姿を見せていた。

まあ、今回はあのリタでさえ、仕事が手に付かなくなったり、普段ならやらないミスを起こしたりしていたのだ。ケニスをどうこう言えはしない。

この『踊る虎猫亭』で、もうラティナは『いるのが当然な大切な存在』なのだから。

「今日《きょう》はラティナの快気祝いだからーっ！　俺が全員に一杯奢《おご》ってやるーっ！」

デイルがそう店内に声を張ると、一斉にブーイングが返って来た。

「ケチくせぇなっ！」

「そういう時は、全額持つっちゅうところだろう？」

「うっせぇ！　お前等《ら》に、んなこと言ったら、俺が破産するまで呑むだろが!!」

ブーイングに負けじとデイルが叫ぶと、店内が爆笑の渦に巻き込まれた。

「ちげぇねぇっ！」

「リタ、この店で一番良い酒、全員に回せっ！」

「とっておきがあるわよ？」

と、凄《すご》く良い笑顔のリタ。

「なんで、普段売らない酒出そうとすんだよ？」

「普段は高くて出しても売れないからに決まってるじゃない」

「せっかくだから、ウチで一番デカイジョッキに注いでやれ」

「ケニスっ!?　こういう酒、普通《ふつう》ジョッキで出さねぇよなっ!?」

「何を言う。店主がありと言えば、ありなのだ」

「そうよ」

「この、夫婦《ふうふ》はぁっ！」

彼らのやり取りに、更に大きな笑い声が起こる。

こんなどんちゃん騒ぎに、普段はこの店では御法度の、吟遊詩人のリサイタルが始まる。

無論、おひねり無しの儲《もう》け無しだが、代わりに飛び込みの喉自慢《のどじまん》が始まった。

陽気な気配は、更に陽気さを呼び、いつもはどちらかといえば静かな『踊る虎猫亭』が、例のない賑《にぎ》やかさに包まれる。

「どうしたの？　なんかにぎやか」

そんな騒ぎに、部屋で眠《ねむ》っていたはずのラティナが、目をこすりながら姿を見せた。

寝巻にしている、シンプルなすとんとしたラベンダー色のワンピースのままだった。

その瞬間一斉に巻き起こった、厳《いか》つい野郎《やろう》どもによるラティナコールに、さすがの彼女もビクッとする。

だが、無法者と化した酔っ払いどもに、そんなことを斟酌《しんしゃく》する余地はない。

「主役の登場だーっ！」

の叫びと共に、店の中心に担ぎ込まれる。

「なに？　なに？」

キョロキョロするラティナに答える者はなく、一斉の拍手《はくしゅ》に目を白黒させる。

普段は止める側のリタでさえ、笑顔で大量の酒杯《しゅはい》を運んでいる。デイルやケニスも笑顔であることに、ラティナは驚きながらも、大人しくされるがままであった。

陽気なメロディーが奏でられる。

周囲の人々が皆《みな》、笑顔であることに、ラティナも嬉しそうな顔になった。

臨時のステージと化した店の中央で、誘われるままに、音楽に身を任せる。


そして、この日新たな事実が発覚する。

なんでも器用にこなし、苦手なものなどないようなラティナであったが、彼女に音感とリズム感はなかったのであった。

ちいさな娘と
親衛隊という名の
常連たち。

『踊る虎猫亭《とらねこてぃ》』は、クロイツにおいて、冒険者《ぼうけんしゃ》たちの拠点《きょてん》となる店である。

その店における『常連客』といわれる者たちも、少々灰汁《あく》の強い者が多い嫌《きら》いがある。

クロイツでも名士の一人として数えられるジルヴェスター・デリウスなどもその一人だ。

ジルヴェスターは、冒険者として数々の偉業《いぎょう》を為《な》した男だ。吟遊詩人が彼を題材にした歌を幾《いく》つも歌い継いでおり、その業績は他国にまで伝わっている。長年主な活動の拠点としてきたラーバンド国では、冒険者を志す者で、彼の名を知らない者は圧倒的《あっとうてき》に少数派だろう。

彼は今、クロイツの西区の高級住宅街に邸宅を構えている。名誉と共に、巨額の富をもその手に掴《つか》んだその男は、半ば引退した現在でも大きな存在感を誇示《こじ》していた。

彼が『踊る虎猫亭』で目を光らせているのもそのためだ。

冒険者や旅人が優遇《ゆうぐう》されているクロイツという街は、冒険者自身の自制が求められる街でもある。

制限が緩いからといって羽目を外すことを許せば、この街は暴徒が闊歩《かっぽ》する荒廃した場所へと変わる。現在の豊かなクロイツという街を維持するには、規制もまた必要となる。

クロイツの豊かさを守るということは、冒険者たちの雇用機会を守ることでもあるのだ。

彼のような大御所が睨みを利かせているからこそ、女主人であるリタも安全に『虎猫亭』

を切り盛りすることができるのだともいえる。

ジルヴェスターが、毎食のように食事をしに来ているのも、毎晩、安酒を飲んでいるのも、意味のある行動なのである。

多くの冒険者や旅人が出入りする場所でその動向を見張っているのだ。だが、それだけではなく、その人脈を活《い》かして冒険者たちの相談役も担《にな》っている。今でも彼は、多くの冒険者たちから畏怖され、尊敬されている存在なのである。

「ジルさん。おちゃ、どうぞ」

「嬢《じょう》ちゃん、悪いな」

ラティナがお盆《ぼん》に載せて運んできたカップを受け取りながら、ジルヴェスターは、にかりと笑う。とはいえ、彼の笑顔は、そこいらの子どもたちが顔を歪めて逃げ出すほどの凶悪さだ。その髭面《ひげづら》の初老の男の顔立ちは、冒険者の中の冒険者というにふさわしいほどの、厳つさなのである。

「かーど?」

「おうよ」

「ジルさんつよいねえ」

そして、ラティナという幼子にとっては、街の名士としての彼の活躍などはあずかり知らぬことだった。何だかいつも店にいる、優《やさ》しい小父《おじ》さん、として認識《にんしき》していた。

前情報がなければ、時には真っ昼間から呑みながら、カードゲームなどに興じているおっさんどもの一人なのだ。威厳どころの話ではない。

因《ちな》みにラティナの友人たちは、ジルヴェスターと目が合うと、脱兎《だっと》のごとく店の外に飛び出していく。だがそれが『普通』の子どもたちの反応だ。

ラティナの反応は規格外だ。

彼女は、『踊る虎猫亭』に来る客たちが、どんなに厳つく凶悪そうな容貌をしていても恐れないし、怯《おび》えることもない。

今もジルヴェスターの隣《となり》で、カードゲームの戦況を見守りながら、時折彼らに、にこりと愛くるしい笑顔を向けている。

そして、おっさんどもも、彼女ににこりと笑い返す。子どもが夢に見そうなほどの、凶相であることは自分たちもよく分かっている。

それでもそうすれば、このちいさな少女は嬉しそうな顔をするのだ。スマイルゼロ円くらいいくらでもサービスしてしまうだろう。

†

「ジルさーん」

街中で聞き覚えのある声が背後から聞こえてきて、ジルヴェスターは振り返った。ラティナが大きく手を振りながら、てぺてぺと小走りで近づいてくる。

「どうした嬢ちゃん？」

「忘れものだよ。おみせにおいてあったの」

「追いかけてきてくれたのか？　悪かったな」

「どういたしまして」

ジルヴェスターに小さな皮袋を渡《わた》しながら、ラティナはにこっと笑う。左右で二つに結ばれた白金の髪と黄色のリボンが、その動きに合わせて揺れた。

ケニスなどに言わせれば、「わざわざ追いかけなくても、またすぐに店に来るのだからいい」ということになるのだが、この真面目《まじめ》な幼子は、忘れ物に気付いて困っていたら大変だと、追いかけてきてくれたようだった。

「嬢ちゃん、大丈夫か？　一人で帰れるか？」

ジルヴェスターが心配そうな声になったのも仕方がない。今、彼らがいるのは、南区の中心付近だ。

『踊る虎猫亭』がある辺りよりも、ずっと治安に不安のある区画なのである。

「ラティナかえれるよ。まっすぐだもん」

人差し指をぴっと自分が歩いてきた方向に向けて、ラティナはどこか得意げな顔をする。

この子は矜持《きょうじ》の高いところがある。周囲が自分を『ちっさなちっさな幼い子ども』扱《あつか》いをしてくることが、不服なのである。

迷子《まいご》になることだけを心配している訳ではないと、そこに思い至ってくれないところが、子ども扱いされる充分《じゅうぶん》すぎる理由である。まだまだ彼女の行動は幼くて微笑ましい。

「でもなあ……」

「だいじょーぶ！　ジルさん。またね、なのっ」

それでも心配そうなジルヴェスターに、ぶんぶんと手を振ってから、ラティナはくるりと背中を向けた。オレンジ色のスカートをふわふわとさせながら、彼女は来た時と同じように小走りで去っていく。


——ジルヴェスターの不安は的中した。

『踊る虎猫亭』に帰る途中。強い風が吹《ふ》いた。

「ひゃんっ」

強風にあおられて浮き上がったスカートを咄嗟《とっさ》に押さえたラティナは、まともに砂埃《すなぼこり》が目に入ってしまった。両手でこしこしと目を擦《こす》る。風にパタパタと揺れた髪が乱れてしまったことには、目をつむる彼女は気付いていない。

ほどけた黄色い飾り紐《リボン》の結び目の横に、折れた黒い角の根元がのぞいていることや、それをたまたま見た男たちが、下卑た笑いを浮かべたことにも。

「お嬢ちゃん」

「ふぇ?」

知らない男の声に、目を擦っていた手を下ろして、そちらを見る。

ラティナにとっては、ある意味見慣れた風貌の男が、彼女に親しげに笑いかけていた。

「……ぼーけんしゃのひと?」

「そうだよ。お嬢ちゃんに、聞きたいことがあるんだけどね」

「……門ばんさんや、けん・ぺ・い・さんに聞いてください」

硬い声でラティナは答える。普段の朗らかな彼女とは全く異なる対応だった。

「そう言わずに……」

じりっと、一歩男が近づこうとした瞬間《しゅんかん》。ラティナは、ぱっと走り出した。

「くそっ」

「逃がすなっ！」

突然《とつぜん》の彼女の行動に、毒づいた男の声は二人分のものだった。ラティナは振り返らずに走りながら、自分を追う存在の状況《じょうきょう》を把握する。

（どおしよう……）

彼女は常々、デイルやケニスに言い聞かせられている。自分のように『角が折れた魔人族』という者は、良からぬ事を考える輩から狙われやすい存在であるということは、ちゃんとわかっていた。

手で頭を触り、飾り紐《リボン》がほどけてしまっていることも確認する。恐《おそ》らく想像通りなのだろう。

（あのひとたちは……よくないひと）

友だちともよく遊ぶ彼女は、見た目よりは体力がある。道行く人々の足元を走り抜けるスピードはなかなかのものだ。

（どおしよう……『虎猫亭』からはなれちゃう……）

ならばと、街の外壁方向に進路を向ける。そこには門番が常駐《じょうちゅう》しているのだ。彼女のことを知っている常連客《ひと》の門番もいるかもしれない。助けを求めることが出来るだろう。

だが、彼女の考えは相手に読まれてしまったらしい。

「っ！」

不自然に彼女の進路の前に飛び出してきた男の姿に、ラティナは急回転して方向転換をする。

「ちょこまかとっ！」

「上玉だっ。大きな傷はつけるなよっ！」

（どおしよう……どおしよう……）

いざとなれば、攻撃魔法を連打するしかないだろう。急所に確実に、威力を収束させた魔法を打ち込めば、無力化できるはずだ。『角』を折った事件以降、デイルに攻撃魔法を使うことは禁止されていたが、背に腹は代えられない。

——彼女は思い切りが良い面もあるので、初めから相手を確実に倒す方法を考えている。

——それは、おそらく育ての親たちの教育方針のなせる業だろう。

だがそこで、彼女は見知った人物の後ろ姿を見つけた。

安堵で涙腺がうるっと緩む。

——彼女が『実行』に移す前だったことを考えれば、もしかすれば、彼女の追手にとっても幸運だったのかもしれない。

「ジルさーんっ！」

半泣きのラティナの声。

その声に振り返った男の形相は、それこそ、鬼も裸足《はだし》で逃げ出すほどの凶悪さだった。

「嬢ちゃん、どうした？」

「ジルさん。ジルさんっ……」

ジルヴェスターにぎゅっと縋《すが》り付《つ》いたラティナは涙ぐんでいる。彼の凶相には怯えずに、安堵と信頼《しんらい》の表情を向けていた。

息を乱して駆《か》け寄《よ》って来たラティナと、彼女を追っていた見知らぬ二人組という状況に、ジルヴェスターは何が起こっていたのかをすぐさま察知する。

彼から怒りに満ちた視線を向けられた、ラティナを追っていた二人組が、その表情を恐《きょう》怖《ふ》に歪めた。小狡《こずる》そうな視線を交わし合って、言い逃れをすることを選択《せんたく》したようだった。

「いやあ……別に、俺たちは何も……」

「その子が迷子になっていたみたいだから、声を掛《か》けていただけですよ」

この男たちの行動は、あくまで『未遂』だ。

本来ならば、その言い訳で深く追及されることはなかっただろう。

だが、相手が悪い。

狙った相手も、悪い。

ジルヴェスターの表情は、ぴくりとも動かない。

握《にぎ》りこまれた拳《こぶし》は、それだけで充分な凶器《きょうき》になる。

「言いたいことはそれだけか。なら死ね」

ほぼ引退しているとはいえ、ジルヴェスターは伝説級の冒険者だ。その怒りを向けられたチンピラ級の冒険者たちが、震えあがるのは無理もないことだった。

真っ青になって、がちがちと歯の根があわなくなる。

「そこでなにをしているっ！」

その時凛《りん》とした声が響《ひび》く。一同が視線を向ければ、そこには数人の憲兵の姿があった。

クロイツの街の治安維持を任務とする憲兵隊の姿に、『犯罪未遂者』の男たちが安堵の表情を浮かべる。彼らの心の声を代弁すれば「助かった」といったところだろう。

だが、残念なことに。

憲兵たちの隊長である年長の男は、ジルヴェスターとその背中に隠れるようにして泣き顔になっているラティナの姿を確認すると、即座《そくざ》に判断を下した。

——『踊る虎猫亭』には、憲兵や門番の常連客も多い。それは、気安さや料金の面でも利用のしやすい店であることが大きい。けれどもそれだけではなく、やはり、治安維持を担う職務の者たちにとっては、『冒険者』たちの動向に注意を払《はら》う必要があるのだ。冒険者たちの拠点の店に顔を出し、耳をそばだて、目を配るのもまた大切な職務であった。

表だって険悪な空気になることこそないが、やはり冒険者たちと憲兵たちの間には溝がある。

それでも、現在彼らは、ある一点においてだけは、『同士』であった。

デイルのことは、『親バカ』であると、常連たちは口をそろえる。

それとラティナが可愛《かわい》いのは別の話なのだ。このちいさな子が、店の中をとてとて歩き回っている姿に癒《いや》されたり、水の入ったグラスをちいさな手で差し出してくれることにキュンとしたり、にこにこ笑ってくれるのにほんわかしたりするのは、仕方がないことなのだ。

「おしごと、むりしないでね」とか「また、きてください。けがしたりしないでね」なんて言って見送ってくれる少女が、可愛くないはずがないではないか。

——デイルだけでなく、多かれ少なかれ、冒険者などというやくざな生業《なりわい》に身を置いている者たちは、『癒し』に飢えているのである。

憲兵たちも同じことだ。荒くれ者どもと相対する仕事である。生半可な腕では務まらない。やはり彼らも守るべき街の人々にも恐れられ、怯えられる容貌の持ち主たちなのである。

「いつも見まわりごくろうさまです」とかの台詞《せりふ》を、庇護《ひご》するべき存在の象徴《しようちよう》のような少女に言われて、モチベーションが高まらないはずがない。

ラティナは、紛《まご》うことなく、彼ら『踊る虎猫亭』常連客たちの、アイドルなのである。

前門の虎《とら》後門の狼《おおかみ》。ラティナを泣かすという大罪を犯《おか》した者に下される裁きには、情状酌量の余地など、図られることはないのであった。それでも彼らは口を合わせてこう言うだろう。

「保護者《ディル》よりはマシだ」──彼のもとに至る前に処理していることこそが、温情なのだ。

その晩の『踊る虎猫亭』では、常連客たちの中を、ちいさな体で大きな酒瓶を抱きかかえ、お酌をして回るラティナの姿を見ることが出来た。

ジルヴェスターだけでなく、憲兵隊の隊長のもとにも向かい、背伸びをして酒杯を満たす。

保護者であるデイルの感謝の言葉や、礼品などよりも、この幼子の一生懸命《いっしょうけんめい》なサービスの方が需要があるのである。その結果の光景だった。

ラーバンド国第二の都市、クロイツ。この街には現在拡大を続ける一大勢力が存在している。

組織の構成員は、身分の貴賤《きせん》も職も様々だ。本来は立場上対立関係にある、冒険者の相談役たる大御所と街の憲兵隊の隊長が、組織のツートップであるとも言われていた。

他にもそうそうたる高名な冒険者たちが名を連ね、最近では新人の若手冒険者たちからの支持も集めているその組織は、通称『白金の妖精姫を見守る会』またの名を『ちっさな娘親衛隊』である。

ラティナはいつの間にか、『保護者《デイル》』も知らないかもしれないところで、クロイツの一大派閥の頂点に君臨していたのだった。

あとがき

「風が吹けば桶屋《おけや》が儲《もう》かる」と申しますが、「運動会に行ったら小説家になる」ことになるとは思いもしませんでした。

はじめまして、Ｗｅｂ上でお読みくださっていた皆さまには今日は。CHIROLUと申します。この度は拙作『うちの娘の為ならば、俺はもしかしたら魔王も倒せるかもしれない。』をお手に取って下さり誠にありがとうございます。

冒頭の言葉となりますが、「運動会に参加するというツアー旅行」の申し込みが、スマートフォンかＰＣからしか行えなかったのがすべての始まりでございました。申し込む為にガラケーから機種変し、その後折角スマホに変えたのだからと、それまで敬遠《けいえん》していたネット小説というものを見るようになりました。幾《いく》つかのサイトを経て、読み耽《ふけ》るうちにうずうずと自らも書き綴ってみたくなり、ＰＣを持たぬ当方でも、スマホからでも投稿できるという手軽さからそれを実行に移しました。中短編を数話書き上げ、少し調子に乗って着手した長編小説。それがタイミングと幸運に恵まれ、多くの方々のお目に留まる機会を得ました。人生挑戦をしなければならないと元上司にガチ説教される逸話を挟み、そしてあれやあれやという間にこのたびの書籍化のお話。この間およそ一年。

正直、何が起こった、という心境であります。

あの時ツアーに申し込もうと思わなければ、いまだに電池の切れやすくなったガラケーを携《たずさ》えていたかもしれません。スマホではなくＰＣを購入していたらネット小説を読み耽ることにはなっていなかったと思われます。ＰＣからしか投稿できないシステムでしたら、当方はこのようなかたちで創作活動を行うことはなかったでしょう。

振り返ってみても、幾つかの偶然とチャンスが重なったのだとしか思えません。

『日常』を少し変えてくれるかなと、参加したツアーでありましたが、全く予想しなかった方向で、その予感は当たったようです。


最後になりますが、ご尽力くださった関係者各位の皆さま。愛らしい姿に『娘』を描いてくださったトリュフ様。そして何よりも、数多くの作品の中から、当作品にお目を留めてくださった皆々さまに、心より御礼を申し上げる次第でございます。

多少なりとも『うちの娘』に、ほにゃんとして頂けたならば、幸いと存じます。

二〇一五年　二月　CHIROLU

ファンレターのあて先　ご意見、ご感想をお寄せください

〒151-0053 東京都渋谷区代々木2-15-8
㈱ホビージャパン　HJ NOVELS
CHIROLU 先生　／　トリュフ 先生

HJ NOVELS
HJN03-01

**うちの娘の為ならば、
俺はもしかしたら魔王も倒せるかもしれない。**

2015年2月20日　初版発行
2015年3月10日　２版発行

著者――CHIROLU

発行者―松下大介
発行所―株式会社ホビージャパン
〒151-0053
東京都渋谷区代々木2-15-8
電話　03(5304)7604（編集）
03(5304)9112（営業）

印刷所――大日本印刷株式会社

装丁――木村デザイン・ラボ／株式会社エストール

ISBN978-4-7986-0966-9　C0076